PÍO BAROJA

巴罗哈：命运岔口的抉择

[西班牙]爱德华多·门多萨 —— 著
卜珊 —— 译

漓江出版社·桂林

目录

引言　I

第一部分　001

自传　002

童年、青年和老年　006

塞斯托纳的医生　019

马德里的面包店店主　025

白鸰鸟　031

维拉·德·比达索阿　037

被吓坏的老人　040

没落与死亡　044

第二部分　049

巴罗哈和女人们　050

第三部分 073

"九八年一代"的成员　074

勒儒派候选人　084

真心实意的无政府主义者　087

第四部分 095

作家巴罗哈　096

伊特塞阿的恶人　104

附录　巴罗哈作品节选 115

准确而可靠的说明　116

回忆录

第二卷　121

回忆录

第六卷 / 情感间隔

一　124

二　126

三　　128

四　　133

五　　137

六　　139

七　　140

回忆录

第三卷　　145

昨日与今朝

在维拉的义勇军士兵　　150

咱们去阿尔曼多斯吧　　152

我们被捕了　　153

逃跑　　156

"土匪"骑兵中队

战斗之后　　159

暮色降临　　162

到达翁托利亚　　164

在教堂　　166

枪决　　168

引言

当我着手撰写这部书稿时,实际上是以两个误解作为出发点的。其一是我误以为巴罗哈在西班牙文学史上早已占据了卓越超凡的地位。我很快就意识到他并没有那么"卓越超凡",至少没有达到我原本以为的那种程度,也就是说,巴罗哈还没有跻身在时间长河中躺卧陵墓、被人瞻仰的作家行列。我惊喜地看到巴罗哈仍然是一位"现世"的作家,他的作品仍然盘踞在书店的"叙事文学"区,甚至会出现在"新书发布"区,而没有被放到那个庄重有余但活力不足的"经典作品"区。提到这些,我不过是想说明,普通读者仍然在"为了知道个究竟"而去阅读巴罗哈那些"过时"的小说,心里完全没有要进行历史或文学研究的念头,跟他们去读其他随便哪位当代作家的作品并无二致。在那些西班牙旧时的小说家和还没有那么"旧"的小说家中,巴罗哈可算是独领风骚,如果我没记错的话,他的小说是唯一可以和克拉林的《庭长夫人》相媲美的作品。

我撰写本书的目的之一就是分析巴罗哈作品影响力如此持久的原因,此刻我还暂不进入这个主题,但是要先指出,在我看来,同样是这些原因导致巴罗哈最终没有获得他本应得到的、位列杰出作家殿堂的荣誉。巴罗哈平直的叙事无需人们做什么解读，他的写作方法也没有隐藏什么秘密，这在某种程度上导致给他的作品作注解和进行评论都变得毫无必要。人们在分析巴罗哈的文学作品时，会发现其实没有什么可说的，因为那些缺点都显而易见，而且严格来讲，他作品的特质也几近于无，这一点从某种意义上来说反而算是一项巨大成就呢。因此，巴罗哈在伟大作家的尊贵群体中虽然占有一席之地，但却没人能解释清楚其中的缘由。

我前面提到的第二个误解，是我原本以为在巴罗哈去世五十年后，即使其影响仍然存在，大概也只限于文学领域，也就是说，延续下来的应该只有他的小说，至于他的个人经历或思想意识除了会出现在专家们的小圈子里外，基本不会留下什么痕迹。可在这一点上，事实却又是恰恰相反。几乎每个月都会有关于巴罗哈的个人经历、行为和思想的书籍问世，奇怪的是，关于巴罗哈，这些书通常都没有采取确切明了的态度，这往往会引发争议，有时甚至导致火药味十足的论战。在这本书的论述过程中，我会对这一点进行仔细思考，但现在我还是要提前表述一些我对此问题的主要看法。

巴罗哈的一生并没有什么特别的引人之处：他是一个孤僻，讲求条理但又单调无趣的人。然而，他所处的却是一个大事频发，结局纷呈的时代。作为作家，他看到1898年伤痕累累的西班牙帝国被终结时的思想启示，又见证了复兴运动、独裁统治、共和国和内战时期的岁月荏苒。正如我们将会看到的，巴罗哈对于这些关键性的重大事件的参与看起来都显得颇有声势，但实际上，他的参与程度并不高，态度犹疑不定，暧昧模糊。尽管如此，他仍然为他所处时代那些大事件的发生提供了具体的证言，而且自始至终都表达了较为热烈但远非激进的观点。不过，我觉得不管是他的态度还是观点都不是他作为公众人物引发人们兴趣的原因。那些年他对世事的介入反而更明确地体现在他的其他身份角色上，所以在对巴罗哈的行为和思想进行评价时，反倒是他的那些其他身份表现更值得让人着落些笔墨。巴罗哈的作品仍存活于当今文坛这一事实很有可能会引发上述种种反应，就好像我们现在仍可以揪着巴罗哈让他为自己的行为和疏忽承担责任。

此外，这一现象也有其历史原因。巴罗哈是真正经历过内战及其后续影响的幸存者。在内战刚结束时的物质匮乏的黑暗时期，要找到一位既未流亡海外、思想意识也未完全归属于战胜方阵营的重量级人物可是难上加难。在为数不多的符合条件的人物中，巴罗哈无疑是最知名的那一个。出于这个原因，战争的赢家和输家为了各自的利益都在竭力争取他，与其说是要他亲身投入，不如说是让他象征性地站队。面对这种结纳笼络，当事人巴罗哈时而表现出事不关己的冷漠，时而又暴露出患得患失的计较，由此所引发的争议直到今天仍未消弭。

在他漫长的创作生涯里，巴罗哈曾表达了很多前后矛盾、相互抵牾的想法，这该是出于无意，或至少是出于一种本能的狡黠。他是无政府主义者，但又讲求秩序，他与一切权威为敌，但又赞同极权主义的制度，身为人文主义者但同时又是种族主义者，崇尚自由却又不善包容。这一切特征都不是一个接一个地渐次呈现，而是被同时表现在他身上。而这一现象的结果，便是从巴罗哈的作品中总能找出支持任何一种立场的思想（更确切地说是文段）。只要读一读书店里常见的巴罗哈诸多选集中的一些，就能证明，作者的某种思想倾向取决于某种意识形态的缔造者是谁。从长远看来，这种左右逢源并不讨人喜欢。人们轻易就会得出结论，那就是巴罗哈的为人要么虚伪，要么愚蠢，要么就是两者兼而有之。也许他不过就是个怯懦而幼稚的人，就像他小说里的那些人物，见风使舵，纵使那风头不那么强劲也会顺风而倒。从这个意义上来讲，巴罗哈并不像其他那些赶上艰难时世却仍表现出楷模风范的人们一样。但他也并不算是个叛徒。归根结底，所有这一切都属于道德审判这片让人如履薄冰的领域。我觉得在能够确立真相时就没必要逃避那些道德评判，更没必要去隐藏真相，但我也认为，由于道德方面的原因就将巴罗哈的形象贬低为街头投彩摊上的玩偶会让我们对他作为作家的伟大之处视而不见。

另外，关于后世众人针对巴罗哈所做的颇具争议的评判，还有另外一点让我格外感兴趣。尽管巴罗哈的文学作品颇具现代性，但其所采用的叙事方式却相当老套，这与其说是文学本身的过时，不如说是文学创作形式上的过时。巴罗哈的叙事不要求也不接受超出文字本身含义之外的诠释；归根结底，他的叙事真的就是在陈述。所讲的故事并非是用来支撑某种文学手段的情节，它们就发生在我们眼前，被用那种具有时代统御性的风格讲述出来。在几乎所有故事里，我们都能找到口述历史的痕迹，这让我们回到了时间的源头，或至少让我们回到一个作者和读者还不具备批评者身份的特定年代。

如今，这些叙事内容中的大部分可能都变得索然无味了，被评价为"简单幼稚"就已算是最好的情况。事件的串联显得莫名其妙，人物的上、下场都源于偶然，一切都像在暗示什么但又什么都没有被确定。然而这些故事当中有不少都能在读者心中激发起一种偶尔带些伤感色彩的好奇心。同样的情况也会发生在一些叙事片段上，这些片段所叙述的事件我们并不感兴趣，但其中一些稍纵即逝的瞬间却攫住了我们，令我们感到震惊和意外。写作技巧便在这样一片混乱中得以显露。现代的学术态度总是要避免去赞美，寻求使用普适且精确的方法论而避免发出赞声的那种现代学术态度，会让这些叙事内容的阅读者或研究者不管采取何种方法都会感到困难重重，但他们仍不会放弃探求其中一些奥秘的愿望。正因如此，叙事者的性格，他的最无关紧要的行为，或者最不慎重的观点，都应是解读和讨论的对象。在这些渴望的背后并没有隐藏，或并没有总是隐藏某种审判的意图，那不过是一种信念或希望，即总有某种东西能去诠释一部从建设性角度来看难以解读的作品，其吸引力使它比其他作品更能抵御时间的流逝。在研究者或批评家的头脑中（其实我们所有人多多少少都有点儿这样），都会认为艺术作品，尤其是那些最难解读的作品，势必是由可识别、可度量的特有因素组合而成，而不是由通常被称为灵感、想象力或才华的那些纯粹随性的因素所带来的结果。

当然，肯定会有人不同意我刚刚说的话。那些"既聪明又公正"的人坚持认为，巴罗哈不过是个写探险小说的作家。但就算是那些人也不会否认巴罗哈在西班牙伟大作家的殿堂里占有一席之地。其实也根本没有任何理由能否认这一点。虽然巴罗哈的人设基本上就像一头身处瓷器店里的公牛，但不管人们是否认可其作为作家所取得的成就，他对西班牙文学的影响也是巨大的，而且这种影响至今仍在继续。巴罗哈去世以后，他的许多前辈作家、大部分同时代作家，以及不少后辈作家的作品都让人觉得装腔作势、虚妄浮夸、矫揉造作，在当今读者眼中最终都变得无聊透顶。如果一个人的价值要像在原始的尚武社会里那样以杀死对手的数量来衡量，那么巴罗哈必定会在"文字"这个部落里拔得头筹。幸好要做这样的评价还可以依据其他的标准，而且那些才正是我们对一位著作等身的作家进行全面评价时所需要的标准。杰拉尔德·布雷南在他那部精彩而有趣的《西班牙文学史》中曾提到巴罗哈缺乏艺术美感（这个特征被布雷南以相当"巴罗哈式"的方式一视同仁地加到了所有巴斯克人身上），但却拥有一种不可否认的诗性感受力。我不禁想到，在巴罗哈身上，这种不同凡响是有益的，但也是虚假的。

在我看来，在西班牙的叙事文学领域，巴罗哈代表着一个全新的方向，而后来这一方向的大部分追随者都选择不加入主流的文学流派，对这些人谁也不能妄加指责。正如我曾说过的那样，我认为人们很容易就会喜欢上巴罗哈的作品，但要去正儿八经、严谨准确地谈论他却并非易事。而且我也相信巴罗哈本人对这一现象也并不陌生，他骨子里的那种幽默感曾经而且一直都会是一道良方，克制将事物神圣化的任何企图。虽然毫无疑问巴罗哈热衷于获得名望，但他也跟别人一样同样渴望攫取文学上的荣光，实际上在心底深处，不管是出于胆怯还是出于骄傲，他并不想太把自己的作品当回事儿，也不太希望别人把它们当回事儿。

*　　　　　　*　　　　　　*

除了巴罗哈个人及其作品所带来的困难，我自己的无知也是我写这本书时难以逾越的一个难关。我并没有读完巴罗哈的所有作品，甚至可以说阅读量远远不够，当然，对与巴罗哈本人、他的作品，以及他那个时代相关的卷帙浩繁的参考资料也几乎没有接触过。如果说有什么东西让我斗胆写下这些内容，那就是我早就怀有的并且一直未曾改变的对巴罗哈的热爱。我并不太确定是否是早年间阅读巴罗哈的作品激发了我对写作的兴趣，但毫无疑问，正是这种阅读决定了我开始接触写作的方式。从这个意义上来说，我与巴罗哈之间有一种学生和老师的关系。但我很清楚地知道，不管是师生关系还是情感纽带，都不足以让我对自己知识上的欠缺心安理得。我对此大胆坦言并不是想让读者大度宽容，而是为了避免让他们在事后觉得受到了欺瞒。

我相信我在写下这些文字时也没有自欺欺人。我本想写一篇关于巴罗哈的介绍，用来引导那些第一次接触巴罗哈，或者在他那些如同"美人鱼的迷宫"一般的作品中迷失的人们。但要做到这一点所需的智慧与学识远远超出我的储备，我就只能为那些关注巴罗哈的人们写下这么一本书，这些人中既有他的支持者，也有他的批评者。他们会是一群数量众多、热情洋溢的人，所以如果这本书能让他们感到愉悦，那我便也会感到心满意足。

一本书的完成通常只与那些直接参与其中的人有关，但我要是在这篇介绍中不对安帕罗·乌尔塔多表达深深的感谢，那就太不公平了，她是卡门·巴罗哈回忆录《一位女士关于"九八年一代"的回忆》（图斯盖兹出版社，1998年，巴塞罗那）的编辑，补全了我所欠缺的所有知识；我要感谢她为我提供了参考书目中的很大一部分，我在本书中提出的许多想法也得益于她，尤其是她无条件的帮助和宝贵建议更令我心存感激。

同样，就在我写这本书的时候，我得知一本颇具争议且有很多生平文献来作依据的巴罗哈传记就要问世。这部传记名为《巴罗哈或恐惧》（半岛出版社，2001年，巴塞罗那），作者爱德华多·希尔-贝拉曾将样书送给我。尽管我对他的很多看法都不太认同（他对此也知道并理解），但是在我对巴罗哈在个人人格和文学创作方面的独特之处进行思考时，他的想法曾对我大有裨益。

第一部分

自传

当胡安·贝内特[1]在1946年底去皮奥·巴罗哈位于阿拉尔孔大街的寓所登门拜访时,巴罗哈年事已高,至少在当时才20岁的胡安·贝内特看来,他已是一位老者了。当然,年轻的贝内特所见非虚。内战结束回到马德里后,皮奥·巴罗哈便过起超然世外的平静生活,只参与一些让他在物质和精神上都能生存下去的活动。于是,他作为公众人物已不再那么引人瞩目,连外貌身形都显得矮小瑟缩了,而这一切竟还导致他的自传也缩水了不少。到了40年代末,皮奥·巴罗哈已经成了一个普普通通的小老头儿,意志消沉、体弱畏寒、脾气暴躁。他于1872年12月28日出生在圣塞巴斯蒂安,曾短暂行医,曾多年经营一家面包店,曾在巴黎待过一些日子,还曾亲自出版自己那些鸿篇大作中的大多数作品。如今,他的生活沉浸在一种并不会令人尴尬的悲观主义中。胡安·贝内特在巴罗哈身上很意外地发现了他之前曾竭力回避的那种绝对消极的态度,而这种态度在贝内特提到的一件轶事中被

---

[1] 胡安·贝内特(Juan Benet, 1927—1993),西班牙小说家,剧作家,也是工程师。

表现得淋漓尽致：有一次，一位记者来阿拉尔孔大街的居所采访堂皮奥，采访中，堂皮奥没有按习惯的套路来应答，而是用他的牢骚和埋怨让那位记者难以招架。

贝内特讲述，随着记者提出一个个问题，堂皮奥的回答也愈发地悲苦忧伤。垂垂老矣的现实让他心有不甘，对事物缺乏兴趣令他悲从中来，煤炭的价格和所经受的寒冷让他牢骚满腹，罹患的失眠症让他怨念横生，市井生活再难激发他的热情，这让他心灰意冷，而到了这个岁数还得靠不停写作来维持生计更是让他觉得生活苦不堪言。最后，为了在那一片黑暗中寻得一线光亮，那位记者急中生智道："不过，毕竟……您总体来说还是不错的，对不对？""才不是呢，先生，"老人给出了激烈的回应，"我总体来说很糟糕，糟糕透了。但是，处境好坏对我来说都无所谓了。"[1]

人们都很好奇巴罗哈到底是怎样营造自己的人设的，其中甚至还有那种被丑化的形象，回溯巴罗哈的一生，他似乎一直都对他那个时代的激烈动荡袖手旁观，还避开了他的同时代人所经历的那些跌宕起伏的人生波折。多年以后，贝内特在将当年的回忆诉诸笔端时，就带着抑郁和反感的情绪，重现那场"笼罩在一片

---

[1] 胡安·贝内特：《1950年前后的马德里之秋》（*Otoño en Madrid hacia 1950*），马德里，联盟出版社（Alianza Editorial），1987年，第28-29页。

乳白色氤氲光影中的不合时宜的会谈,在那场会谈中,所有话题都被聊了又聊,恰如中了诸神的诅咒,这些个长生不死的家伙既没有什么顶头上司让他们去顾忌,又没有什么玄宗密义要他们去解答,他们不用推动科学发展进步,也不用结算清偿账目,大把时间就只用来聊聊邻里街坊的家长里短"[1]。

巴罗哈的自传以回忆录的形式于1944年开始出版,陆续出版了七卷。在这部异乎寻常的自传中,巴罗哈亲自为自己设定了一个大胆、精干、超然的形象。一个人用了足足七卷本的文字来说明自己的微不足道,这恰是这个人身上自相矛盾的地方,而且这还不是他唯一一个自相矛盾的地方。

* * *

这部自传是人们了解巴罗哈的重要文献,但也让人们对他产生误解。首先是因为,这位牢骚满腹的老人是站在岁月流逝的过来人的角度,重新审视桩桩事实后形成自己的看法的,而他在面对什么倒霉事时,总习惯于在一切前尘往事中寻找其不祥之兆,而非关注行差踏错的过程。这种做法难免让他戴上了有色眼镜,这也导致巴罗哈在自传中给我们讲述的一切都经过了过滤和筛选。其次,巴罗哈的回忆录虽然在结构和形式上都存在着不足之处,但那些离题闲扯,那些重复絮叨,那些含糊其辞和那些缄默回避

---

[1] 胡安·贝内特:《1950年前后的马德里之秋》(Otoño en Madrid hacia 1950),马德里,联盟出版社(Alianza Editorial),1987年,第49页。

却都显得极具说服力，并不是因为巴罗哈所讲述的内容有多真实，而是因为他有着个性鲜明且不可忽略影响力的写作风格。正因如此，通常情况下，巴罗哈传记的作者们不仅会对他关于自己人设和经历的所有陈述都予以认可，还倾向于采取鲜明独特的巴罗哈式的风格来对那些素材进行重现。这样做原本是不会有什么问题的（实质上也没出什么问题），可偏偏巴罗哈生来就善于掌控现实，尤其当事情关乎他的自身形象时就更是如此。很难搞清楚他这么做是出于有心还是无意，但就本书而言，这一点完全不重要。

童年、青年和老年

在自传的那些篇章里，巴罗哈本人为我们提供了解读他写作技巧的一些线索。回忆录颇为详细地讲述了他的童年时期，这一时期我们也许能称之为巴罗哈的"学习期"，但随后这段经历就被淹没在与他的人生演变毫无关系的一堆零散的轶事和见解中了，就好像他认为在其成年后的漫长岁月里，重要的事情只有文学创作，而关于文学创作其实没什么好说的，因为能解释那些作品的根本就不是它们的作者，那些文本本身就会发声讲述。在我看来，这番道理只对了一半。总之，这样的态度以及那种主张小说家应去体验小说人物的生活而非自己生活的陈词滥调都是缺乏依据的，只会导致谬误。而且这会是一个双重谬误，因为通常情况下，一个叙述者并不会生活在他创造出的虚构世界中 —— 正是他的职业让他能比普通人更好地区分现实与想象的不同 —— 就算构成他故事的元素是从他自己的生活阅历中提取的，在转化成作品元素的过程中，这些生活经验也往往会失去其原有的意义，所以，最荒唐的阅读小说的方式，就是到叙事情节或人物形象当中去搜寻作者自己的人生印记。如果一篇虚构的文本提供了与文本作者相关的某个线索，那势必是在其将自己或他人的轶闻故事转化成文学素材的过程中发生的。从这个意义上来说，解读巴罗哈性格的关键应该在他身上最明显的自相矛盾之处去寻找，那便是，他向世界奉献了一个几乎不存在的人物形象，这个人坐在暖桌旁心无旁骛地写出一本又一本的书，同时又试图让人们觉得他跟自己小说中那些有着扣人心弦的冒险经历的主人公们是一回事。至于那些热衷于哲学思辨却又沉湎于行乐，在两次大战间隔时期阴雨连绵的欧洲都市里到处散播失望情绪的绅士们，他也觉得自己跟他们也没什么两样。也许巴罗哈曾梦想成为这两种人，但有些东西阻止了他。也许是他的性情，也许是环境形势，也许是他早已献身的宏大事业。

* * *

1872年12月28日，皮奥·巴罗哈·伊·内西出生在圣塞巴斯蒂安。他是家中三兄弟中最小的弟弟，而三兄弟的妹妹卡门则是在1883年皮奥已经11岁时才出生。按照皮奥自己的看法，作为最小的男孩，他是最不受宠的那一个。"在我们家，"皮奥后来曾说，"我们三兄弟在外貌和精神上都有很大的不同。我大哥达里奥一头金发，身材高挑，喜欢文学；我二哥里卡尔多，个子比大哥稍矮一些，爱好艺术；而我，在三人中个头儿最矮，也是相貌最不出众的那一个。"正如我们所看到的那样，两个哥哥分别叫达里奥和里卡尔多，两个名字在字面上就代表着坚强的品质和英雄的伟业。而给小儿子取的名字却是"皮奥·伊诺森西奥",这两个源自教皇的名字让人联想到的只有"温顺、平和"。男孩被取了这个名字既是因为有家里长辈的认可,也是因为他的生日正好是"无辜圣婴日"[1] 那一天。尽管我觉得起名字这样的小事没有什么大不了的,但在一个那么在意文字和血统的家族里出现了名字含义上如此突兀的转变却也不失为怪事一桩了。而关于"无辜圣婴日"的事情,巴罗哈本人曾在1942年"勇敢骑士"[2] 对他做的一次采访中做了一番混杂着圣徒历和星占学的奇怪的说明:

> 我在1872年"无辜圣婴日"那天出生在圣塞巴斯蒂安。居然出生在那一天,这件事一直让我耿耿于怀。因为说来您也许不信,我觉得一个人出生的时刻就是他灵魂开始形成的时刻。[3]

长子达里奥年纪轻轻就撒手人寰,这种事通常会在家庭内部造成一片空白,由家庭成员用一些并不那么准确,且常常对逝者赞誉有加的回忆来共同填补。在这种情况下,那种自然而然产生的悲伤之情上,还会被加入来自生者的一种模模糊糊的负疚感:他们心中总会萦绕着一种源自神话传统的想法,那就是诸神们总

---

[1] "无辜圣婴日"(Día de los Santos Inocentes),即每年的12月28日,据《圣经》记载,东方三博士朝拜刚出生的耶稣之后,大希律王出于恐惧下令屠杀伯利恒及周围境内两岁以下的婴孩。为纪念这些为耶稣无辜死去的婴孩,设立了"无辜圣婴日"。
[2] "勇敢骑士"(El Caballero Audaz, 1887—1951),西班牙著名作家、记者何塞·玛丽亚·卡雷特罗·诺比路(José María Carretero Novillo)的笔名。
[3] 勇敢骑士:《人物志》(Galería)第一卷,马德里,勇敢骑士出版社,1943年。

是苛责最优秀的人，而对那些平庸之辈往往会加以原谅。

至于里卡尔多，一切都在表明他是个精力充沛、外向开朗的家伙。在一张年轻时代的照片中，里卡尔多系着领结，穿着燕尾服，外披厚呢大衣，头戴圆顶礼帽。他目光犀利，略显矫情，看起来颇具古典美感，恰如那个时代德国电影中的英俊小生。在另一张照片中，他已更为年长，在位于维拉的居所花园中，身穿巴斯克传统服装，怀里抱着他的外甥胡里奥·卡洛·巴罗哈，神态做作。还有一些照片里，里卡尔多炫耀般地戴着一顶崭新的巴拿马草帽。1931年，就在第二共和国宣布成立后不久，在一场出于政治原因的争斗中，里卡尔多的头上挨了重重一击，这造成了他的右眼失明。他本想像父亲那样成为一名工程师，但工程学课程学习上的困难却让他望而却步，他转而又想成为图书管理员，但最终也没干成那一行。他一直喜欢画画，而且也确实时断时续地画过画。总之，里卡尔多是个颇具才华的艺术家，生活放荡不羁，是个情场老手，说到底，多少有些肤浅虚荣。一直到了成熟稳重的年纪，他才跟一个比自己年轻很多的外国女人结了婚，那姑娘相貌平平，但家境优渥。

与这两位表现抢眼的哥哥相比，皮奥的形象简直有着天壤之别。他的肖像画数量貌似不多，但事实上却并非如此：皮奥的肖像画数量众多，但它们彼此间却是大同小异，就好像都是在同一天被画出来的。在年纪尚轻的时候，皮奥的头就已变得光秃秃的了；蜜色的胡须[1]除了变得有些花白之外没有任何变化，而他的相貌（照他的外甥胡里奥·卡洛做出的足够准确的定义，是"苏格拉底式"的样貌[2]）和肤色多年来也几乎总是老样子。正因如此，巴罗哈本人在其回忆录里所做的评述就显得有些奇怪："人家给我画的那些画像真是千差万别，看起来画的根本就是不同的人；我可说不上来哪一幅最不像我。"[3]通常一个人会倾向于认为所有肖像画都是一样的，而且，跟照片相比，肖像画通常都更完美。在为画肖像画摆姿势时，巴罗哈是极有耐心的，可之后在处理社会关系时，他可就没有这份耐性了。以繁琐精细著称的画家胡安·德·埃切巴利亚，就曾为巴罗哈画了好几次肖像画。

巴罗哈应该算是一位不太难画的模特，特征并不突出，眼神满含忧郁，而且前面已经提到，摆造型时他也非常有耐心。也许正是出于这个原因，尽管皮奥·巴罗哈的形象谈不上多么有魅力，可与像巴列-因克兰[4]或乌纳穆诺[5]这样的和他共处一个时代的人物相比，巴罗哈应该算是被画过最多肖像画的作家了。除了已经说明的原因，巴罗哈之所以能留下数量更多的肖像画，还可能是缘于他成名很早且名气持久不衰。另外，他的哥哥里卡尔多的画

---

[1] 勇敢骑士：《人物志》(Galería)第一卷，马德里，勇敢骑士出版社，1943年。
[2] 胡里奥·卡洛·巴罗哈（Julio Caro Baroja）：《巴罗哈一家》(Los Baroja)第五章，马德里，陶鲁斯出版社（Editorial Taurus），1981年。
[3] 同上，第四章，第308页。
[4] 巴列-因克兰（Ramón del Valle-Inclán, 1866—1936），西班牙剧作家、小说家、诗人。"九八年一代"核心人物之一。
[5] 乌纳穆诺（Miguel de Unamuno, 1864—1936），西班牙思想家、小说家、教育家，代表作有《生命的悲剧意识》《迷雾》《殉教者圣曼奴埃尔·布埃诺》等，曾任萨拉曼卡大学校长，是"九八年一代"核心人物之一。

室里经常会有著名画家到访,而皮奥·巴罗哈通过他的哥哥也得以与画家的圈子走得更近一些。

我们如今能看到的皮奥最早的肖像画可能就是拉蒙·卡萨斯[1]为他画的,是其数量众多的炭笔画中的一幅。这可以算是皮奥·巴罗哈被画得最潇洒帅气的一幅画像了。在这幅全身像中,巴罗哈的双腿微微分开,右手插在裤子口袋里,左手抚着西装外套的领子。尽管他的身量并不矮,但在拉蒙·卡萨斯这幅背景平淡、缺少参照物的炭笔画中,他却显得有些矮小,这很有可能是因为他那圆圆的、像个鸡蛋一样的大脑袋。这也是唯一一幅皮奥·巴罗哈还留着些头发的画像。他外表沉静稳重,脸上的表情,或是说那表情传达出的情绪,显得专注而认真,虽然并没有显出苦恼和不安,但却流露出些许忧虑。这幅画像并没有标明日期,但很有可能作于1901年。皮奥·巴罗哈时年29岁,刚刚开启他作为小说家的生涯,但应该已经有了一些名气,因此拉蒙·卡萨斯愿意为他画像。

就在差不多同一时期,毕加索也为皮奥·巴罗哈画了幅肖像画。在回忆录中,巴罗哈提到了自己的这幅画像,还不咸不淡地提了提毕加索。1901年,毕加索在马德里生活,曾到里卡尔多·巴罗哈的画室去向他学习版画。里卡尔多·巴罗哈当时已在艺术领域颇有些名气。如果他不是对什么都有一搭没一搭,那么善变没定性,那么大大咧咧,干了活都不收钱,也许早就能让自己衣

---

[1] 拉蒙·卡萨斯(Ramón Casas, 1866—1932),西班牙画家、艺术家,尤以肖像画闻名,是加泰罗尼亚地区现代主义艺术的发起人。

食无忧,声名远扬了。他不光给毕加索上过课,还教过迭戈·里维拉[1]。毕加索为皮奥·巴罗哈画的肖像画被刊发在《青年艺术》(Arte Jóven)杂志上,里卡尔多在那上面发表过自己的作品,皮奥也为那杂志写过文章。由于当时毕加索正处于模仿卡萨斯的阶段,所以他所作的这一幅巴罗哈肖像与卡萨斯之前为巴罗哈画的那一幅几乎一模一样,只是在毕加索的作品中,人物表情更为暗淡深邃,看起来有点凶巴巴的,几乎可以算是阴郁消沉的。尽管毕加索的这幅作品明显只是一幅略稿,但却是唯一一幅皮奥·巴罗哈没能将自己温和、无助的人设形象强加给肖像画画家的作品。

* * *

巴罗哈的童年和少年时期先后在圣塞巴斯蒂安、潘普洛纳和马德里度过。一家之主塞拉芬·巴罗哈是一位采矿工程师,正是他工作地点的不断变更导致全家人一次又一次地迁居。塞拉芬·巴罗哈四处奔波时一直都是拖家带口的,连他的岳母,即皮奥的外祖母都会随行。直到他的岳母生病去世,塞拉芬·巴罗哈才让家人在马德里安顿下来,并且接受了工作调动,独自一人前往毕尔巴鄂,也许是为了逃避家人辞世带来的哀伤情绪,也许像他的女儿卡门所解释的那样,是因为"我爸爸对女性并没有什么不满,他只是觉得,或他只是说过,那些老太婆都不是什么好东

---

[1] 迭戈·里维拉(Diego Rivera,1886—1957),墨西哥画家,20世纪最重要的壁画大师之一。他的妻子是著名画家弗里达。

西"[1]。从各种看起来往往相互矛盾的证明材料中可以看出,皮奥的父亲塞拉芬·巴罗哈是个兴趣广泛的人,但他所培养的那些兴趣不管是对他的工程师职业,还是对他的财富积累都没有带来任何好处。总之,他这个人虽然并不缺少天赋和才华,但却没什么实干精神。他1840年出生于圣塞巴斯蒂安,曾在卡洛斯战争中为自由派一方而战。虽然在马德里学了工程学,后来也干上了这一行,但他一直钟情的却是文学。他年轻时曾写过一部小说,终其一生都在写诗、写故事,还写过新闻稿。出于对巴斯克传统和语言的热爱,他还曾将卡斯蒂利亚语[2]的诗歌翻译成了巴斯克语,甚至还翻译了一部说唱剧。他是个音乐迷,会拉大提琴,还写过一部歌剧剧本。总而言之,他称得上是位"另类怪杰",这个名号通常都被用来称呼那些不到关键时刻不会负起责任来的家伙。他的女儿卡门倒是对他崇敬有加,不过,皮奥·巴罗哈跟父亲却没有那么好的感情,对父亲的评价也带着些有失公允的严苛。然而,在《孤独时光》(Las horas solitarias)中,他却这样谈论起父亲,"如果当初我没有看到过我父亲写诗、写文章,那我也不会想到要去写作"。

皮奥·巴罗哈的母亲卡门·内西祖上来自意大利,"我都说过,我是一名伦巴第-巴斯克[3]人,还是个带着点儿阿尔卑斯风格的

---

[1] 卡门·巴罗哈:《一位女士关于"九八年一代"的回忆》(*Recuerdos de una mujer de la generación del 98*),巴塞罗那,图斯盖兹出版社(Tusquets Esitores),1998年。
[2] 即中文通常所说的西班牙语。
[3] 伦巴第是意大利北部位于阿尔卑斯山南麓的大区。巴斯克是西班牙北部位于比利牛斯山脚下的自治区。

第一部分

比利牛斯人"[1],看起来这位女性完全遵从一套新教的道德观,严格、简朴、忧郁,带着深入骨髓的责任感,恨不得把一切都舍弃掉才能得到满足。皮奥·巴罗哈和他母亲一直都很亲近,据熟悉他的人们说,皮奥"崇拜"他的妈妈,他成年后仍然和母亲共同生活了很多年,直到她去世。

  关于在圣塞巴斯蒂安度过的童年,皮奥·巴罗哈留给我们的记忆是支离破碎的,有那么点儿梦境的意味,就像通常人们对于婴幼儿时期的回忆一样,让人不知是真是假;关于马德里的回忆尽管沾染上一种貌似风俗主义的色彩,却更为完整精确。不过,对潘普洛纳的回忆却显得更真实可信。在那些回忆中,他对那种与外省生活的单调氛围形成强烈对比的潜藏暴力和无端暴行的描述令人印象深刻,在某种程度上,这恰恰表现了遭受了严苛对待的少年们的叛逆。

  十九世纪的西班牙死气沉沉、粗粝呆板、节制俭朴而又散发着乡土气息,这在今天会让我们产生一种强烈的感伤,但也许也并不尽然。我们并不知道那时西班牙的人到底是怎样生活的。事实上,巴罗哈的西班牙只是他给我们展现出的样子。对于那些愿意接受这个国家严苛习俗的人来说,西班牙也许是一个舒适宜人的国家,但对于那些有着别样期冀,或出于某种原因脱离了平静生活轨迹的人们来说,这里却显得特别压抑。但是我们也没有必要过分质疑巴罗哈的呈现。他对于外省生活的描写,跟与他同时

---

[1] 转引自豪尔赫·坎波斯(Jorge Campos):《走近皮奥·巴罗哈》(*Introducción a Pío Baroja*),马德里,联盟出版社,1981年。

代的那些人所留给我们的那些描述相比并没有什么不同，他所塑造的那些马德里人的形象也是如此。那可真是一个凄惨悲苦、粗暴野蛮而又彷徨迷茫的民族。

在潘普洛纳，为了克服无聊的情绪，摆脱同伴以及他们那些粗鄙的行径，皮奥·巴罗哈如饥似渴地阅读那些适合他年龄的小说，"儒勒·凡尔纳，马利亚特船长……鲁滨孙，还有一些连载小说"。童年和青少年时期的阅读深深影响了他的写作风格，而且他后来也从未放弃对这些作品的阅读。

与潘普洛纳不同，马德里的民众犹如说唱剧角色般丰富又生动，而对巴罗哈来说，这是一座文明开化的城市，是一个荒蛮国家的"独具一格"的都城。

对于这两处他生活过的故地，以及其他他偶尔去过的地方，巴罗哈为我们留下了细致到令人难以置信的描述。那些他记忆中多到数也数不清的令人有些厌烦的歌词，巴斯克语的、西班牙语的、法语的、意大利语的，还有那些来自生活小插曲中的成百上千的人物的名字：某个夜晚来拜访他父亲的人，一个从十一岁起就再没来往的同学，他儿时某个晚上在潘普洛纳表演过走钢丝的一名女演员，所有这些都显得有些令人生疑。尽管这一切并不能百分之百地让人信服，但毫无疑问，巴罗哈非常善于捕捉那些最微不足道的细节，也正因为如此，它们都显得特别具体并且足以唤起人们的回忆。

在我们到达潘普洛纳后不久（那是在1884年，也就是撰写本文的五十一年以前），有个叫胡斯托的安达卢西亚人在我们居住的那所房子的宽敞的底层开了一家客栈。夏天的时候，来住店的客人当中会有来自"壁虎"和马桑蒂尼斗牛团的斗牛士们。"壁虎"斗牛团里外号"格里达（小战神）"的扎枪手无疑是非常出色的，而在马桑蒂尼斗牛团里，有个外号"巴蒂拉（小铲子）"的长枪手，后来成了位剧作家，还有另一个外号叫"阿古赫塔斯（腰带）"的长枪手……

在胡斯托的客栈里还住过一个名叫佩德罗·格里斯的潘普洛纳独幕喜剧作家，他跟妻子和两个女儿在一起，我常看见那两个女孩在那儿玩耍，头发卷卷的，脸上身上尽是土，谈论着宫廷戏剧……

客栈老板胡斯托关了买卖离开后，这房子的底层又被租给了堂尼卡西奥·德·兰达医生，他跟堂迭戈·莱昂将军的一个侄女结了婚。兰达是个很有文化的人，在普法战争中曾参加过战地救护队，还写过人类学方面的文章。

正是这种事无巨细面面俱到的能力，让巴罗哈的叙述具备了真实性，也让读者觉得这么一件无关紧要的事情必定是事实而非编造而来。

按照巴罗哈自己对我们的叙述，他的童年充满了各种稀奇的轶事、古怪的人物。这个街头群落包括了各色人等，有乞丐，有周游世界的旅人，也有从事奇怪行当的家伙，其中也不乏作奸犯科者，甚至还有一名被一路游街带上断头台的囚犯。他们通常都是些不幸、忧伤而又失意的人；而那些最凶残的罪行，经由巴罗哈讲述后，也成为忧郁多于暴虐的行径。如果我们仔细分析，其实很多轶事和人物并没有什么出众之处，或者说，并没有比占据大多数人童年记忆的那些人和事更为特殊。但巴罗哈的讲述让一切都变得更为奇特，一切都似乎隐藏了一种重要的意义。

也许就是这种持续不断的观察，以及前面提到的那些阅读的经历，构成了巴罗哈学养中的核心内容。当然，他并不缺乏按照家庭传统所要求以及经济条件所允许的学校教育，可频繁的迁居、西班牙教育总体水平的低下，以及巴罗哈自身那种抗拒型的个性，都使他没能打下坚实的学识基础和掌握严格高效的学习方法。后来，每当他发现自己在精神领域探索的欲望无法得到满足时，就常常为这两处短板深感遗憾。

在学生时代，我不清楚该如何学习，也不了解怎样充分利用阅读。有一种学习方法可以让人在考试中取得优异成绩，还有一种学习方法让人在精神上汲取养分，而这两种方法我哪一种都没能掌握。

在巴罗哈自传的文字中，这种挫败感会时不时地浮现出来，有时还带着点儿对那些饱学之士的藐视，而与此形成鲜明对照的是，当他在对话中用自己的学识成功碾压对手时，他总会感到相当的志得意满。不管表面看起来显得多么谦和，巴罗哈也会感受到"自负带来的刺痛"（此处特意使用巴罗哈式的表达）。在他讲述体验这些刺痛的经历时，有时会流露出伤感的情绪，因为至少在他自己看来，他根本无法达到人们对于一位杰出作家所期待的那种辉煌。

塞斯托纳的医生

在马德里差强人意地完成了中学学业之后，巴罗哈不得不面临大学专业的两难选择。

当时……该选择什么专业的问题摆在了我的面前。我有很多感兴趣想了解的东西，但是要明确、投入而坚定地去学习的专业却一个都没有。我除了曾渴望在跟女性的交往中赢得姑娘的芳心，带着姑娘四处招摇之外，还想望过什么呢？什么也没有。于是我左右为难。

人们在给自己下定义的时候，往往会用上这种半真半假的语句。句子中确确实实流露出一种不安分，但巴罗哈无疑对知识，尤其是今天被我们称为"人文学科"的领域产生了极大兴趣。现实的情况却是，西班牙大学里那些人文学科的课程，特别是学习人文学科的人走上社会后所从事的工作，对于一颗不安分的灵魂来说实在是没有什么吸引力。值得注意的是，在那样一种犹豫难决的时刻，巴罗哈并没有选择那些文艺爱好者们通常都会选择的法律专业，而是选择了医学专业。

有很多医生是通过行医来激发出写作欲望的，但很少会有因写作而想去做医生的情况。尽管如此，仍然不乏那些出于写作兴趣而去行医的杰出前辈，比如契诃夫，或者另一个更令人震惊的人物，那就是弗洛伊德。弗洛伊德曾在一篇自传性的文章中承认自己对于医学行业并没有特别的偏爱，他之所以从医是因为他太想了解那些人类所应关注的事物。

尽管如此，"决定去学医并将余生都奉献给医学事业"这样的事情发生在巴罗哈这种人的身上实在是让人大感意外，他可不是那种在进行人生规划时会做出冲动决定的人。也许这一次的决定并不是一时冲动，但确实是个错误的决定。巴罗哈没有一丁点儿做医生的禀赋，尽管形象十分符合人们习惯认定的主治医师的样子，但他不断表现出的对于人性的轻视却让这一形象受到些许损害。

关于自己对医学学习的兴趣寥寥，巴罗哈为我们留下了如此丰富、有力而且明确无误的书面记录，搞得要是有人对这件事儿有所质疑都会显得十分荒唐可笑。当然，有必要指出，巴罗哈在医学系学习的那段经历让他与马德里的学生圈子有了接触，让他得以建立起了多段长期保持的友谊，这些朋友当时从生活和精神上都给予了他很多的鼓励。但是由于他的整体感受很差，导致他对老师们都心怀敌意，并由此生发出一种根本不屑于掩饰的蔑视，于是他一门一门地挂科，或者以很差的成绩勉强及格。他的学业看起来确定无疑是一败涂地了。

* * *

就这样，到了1891年，在岳母死后，巴罗哈的父亲已经归来与家人团聚，并在那一年接受了担任瓦伦西亚矿山总工程师的任命。后来巴罗哈曾提到，"在我们这座城市（瓦伦西亚）生活比在马德里要更经济实惠，这让他们决定来这里生活"[1]。

然而，这次搬家的原因却并非那么显而易见。对于像堂塞拉芬这种如此恋家而且又善于社交的人来说，搬家到瓦伦西亚那样一个他谁也不认识的地方，实在是没有半点吸引力。从另一方面来看，1891年的瓦伦西亚想必也算不上什么好地方（"省会城市简直让人受不了"[2]）。对于一个在潘普洛纳会感到轻松自在的地地道道的巴斯克人来说，瓦伦西亚的气候和阳光不仅没让他感到愉悦，反而给他带来思乡的愁绪。而巴罗哈的母亲，正如人们能想到的那样，"对这种事情显得无动于衷"。实际上，对于巴罗哈一家来说，瓦伦西亚与马德里相比所具备的、让堂塞拉芬做出决定的优势可能就在于这里的医学系更适于让他儿子皮奥的学业步入正轨，"就在那个月（九月），作为医学生，他的解剖课（la Corte）考试没有通过，病理学已经是第二次不及格了"[3]。瓦伦西

---

[1] 爱德华多·兰奇·福斯特（Eduardo Ranch Fuster）：《皮奥·巴罗哈在瓦伦西亚》(Pio Baroja en Valencia)，瓦伦西亚，瓦伦西亚议会出版，1999年。
[2] 皮奥·巴罗哈：《恺撒或一无所有》，马德里，埃斯帕萨·卡尔佩出版社（Editorial Espasa Calpe），1934年。
[3] 爱德华多·兰奇·福斯特（Eduardo Ranch Fuster）：《皮奥·巴罗哈在瓦伦西亚》(Pio Baroja en Valencia)，瓦伦西亚，瓦伦西亚议会出版，1999年。皮奥·巴罗哈在其自传中曾提到，这门课他并不是两次不及格，而是三次不及格。

亚大学让巴罗哈家人格外倾心还可能是因为这所大学的老师们更具自由精神,也可能是因为这所学校对待学生更为心慈手软。反正事实是,皮奥·巴罗哈用一种按照他之前的学业表现来说根本无法想象的速度完成了自己的专业学习。如果堂塞拉芬是为了争取到这样的结果才同意背井离乡地到瓦伦西亚来,那就必须承认他并不是一个对自己的儿子毫不关心的父亲,而且也并不像后来被描述的那样不讲求实际。

除了这一点,在瓦伦西亚的生活对于巴罗哈一家来说简直是一场悲剧。皮奥的哥哥达里奥得了肺结核,患病不久之后就去世了。达里奥"那时已经年满23岁。有点浪漫,对友谊深信不疑,喜欢向女性献殷勤,还是个文学爱好者"。在达里奥患病期间,皮奥一直尽心尽力地照顾他,那也成为皮奥进行的第一次医学实践。达里奥的死对皮奥的性格产生了影响,导致他的性格更倾向于伤感忧郁。不久,他回到马德里,凭借一篇题为《关于疼痛的心理生理学研究》的论文获得了博士学位。在论文通过后,他又返回了瓦伦西亚附近的布尔哈索特,巴罗哈家早已搬到了那里,他们住在"一所小小的房子里,有一座栽着梨树、杏树和石榴树的花园。我在那里度过了一段非常愉快的时光"[1]。

* * *

---

[1] 皮奥·巴罗哈:《青年,自我崇拜》(*Juventud, egolatría*)第十章,马德里,埃斯帕萨·卡尔佩出版社,1935年。

在布尔哈索特时，皮奥·巴罗哈，或者是他家里的某个人，看到在塞斯托纳空出了一个主任医师的职位。这条广告被刊登在了《基普斯夸之声》上，堂塞拉芬当时为这家报纸写稿，因此这份报纸也会被寄到布尔哈索特。在对工作地点和条件一无所知的情况下，皮奥·巴罗哈提交了申请并得到了那个职位。在他的回忆录中，巴罗哈曾将此事归结为一种宿命，就好像通过报纸广告来求职是将人生抛给了命运的随意安排。说实话，身在布尔哈索特还能看到《基普斯夸之声》上的那则招聘启事实在是很偶然的事情，但如果细想一下，对于一个刚拿到博士学位，学业成绩平平，而且与医生的职业圈子没什么接触的年轻医生来说，到他日思夜想的巴斯克故乡去谋得一份乡村医生的差事，哪怕得与家人分离，对他来说也不算什么大不了的事情。那时，皮奥·巴罗哈差不多有二十二岁了，但是在持自由派立场的堂塞拉芬的庇护下，他还从来没有去工作过。

在气候恶劣的乡野之地从医真是一段异常艰苦的经历。没完没了的夜间出诊，座下一匹无精打采的马，沿着白雪皑皑的峭壁行进，有时是去接生，有时是去处理急诊病例，有时是去治疗那些在激烈斗殴中造成的可怕外伤。巴罗哈自身阴郁的个性，他与塞斯托纳当地另一位医生之间的龃龉，以及那个完全不信任他的、未开化的世界显露出的粗鄙卑劣，这一切都让他在对从医这条道路失望至极的同时，也对人类感到绝望。

出人意料的是，他的父亲、母亲、哥哥里卡尔多、妹妹卡门都来到塞斯托纳并且定居于此。直到不久之后，他的父亲被任命为基普斯夸省的总工程师，带着全家去了圣塞巴斯蒂安。

利用这个机会，皮奥也离开了塞斯托纳去跟家人们团聚。他曾试图在萨拉乌斯、苏马亚另外再找个医生的职位，但都无功而返。在圣塞巴斯蒂安，他曾指望父亲的一些朋友能帮助他继续行医，但是到了要动真格的时候，他们却连根手指都不愿意为他动一动，按巴罗哈自己的话说，"他们反倒说我这人的性格让人受不了"。最终，巴罗哈干脆彻底放弃从医的打算。于是他作为医生的生涯最终只持续了一年多一点儿的时间。

马德里的面包店店主

当巴罗哈的医学事业在圣塞巴斯蒂安难以为继的时候,他的一个亲戚家里发生了一件产生深远影响的大事。巴罗哈母亲的一位姨妈,堂娜胡安娜·内西丧夫新寡,从她的丈夫——一个好像叫马蒂亚斯·拉卡萨的家伙那里继承了一家位于卡佩亚内斯街街角的店铺,店铺的招牌上这样写着:

维也纳面包店

各色精制面包

供应王室专享

美名独冠西国

这么多评价性的用语并没有起到打广告的作用,而只是对店铺做了一番描述:这家面包店因将维也纳面包引入西班牙而名扬首都马德里,当时的维也纳面包是一种新鲜事物,代表着面包行业的先进技术，因此，店里的一部分工作人员是德裔技工。出于所有这些原因，这里本应该生意兴隆，可事实却并非如此。

这家店的创建者和店主马蒂亚斯·拉卡萨去世以后，胡安娜·内西来找巴罗哈一家寻求帮助，巴罗哈家除了让里卡尔多去帮衬帮衬，也没有什么更好的办法。正如前面提到的那样，里卡尔多是个颇具才华的画家，还是个专业的图书管理员。当皮奥在圣塞巴斯蒂安找不到方向和出路时，了解到里卡尔多已经对经营那家面包店心生倦意。于是皮奥想到，如果他们两兄弟可以分担那份工作，那么他们就都可以不用生活得那么辛苦，还能有空余时间去做各自喜欢的事情。于是他给里卡尔多写信表明了自己的想法，在得到里卡尔多的认可后，他前往马德里，当起了面包店店主。

跟以往做过的那些决定一样，巴罗哈在宣布要去经营面包店的决定时所引起的震惊远超这件事实际上该有的样子。一方面，已经开始为一些报纸撰稿，并不惜一切代价想成为作家的巴罗哈自己宣称，他已准备好要"自降身份"，来换取能允许他安心写作的经济保障和自由时间。另一方面，马德里的一家高级面包店其实跟一家工厂也差不了多少。从这个意义上来说，巴罗哈的情况并不罕见，无非就是一名专业人士放弃从事自由职业，而是去接管了家族企业。多年以后，巴罗哈曾在自己的回忆录中将他这个人生阶段看作是自己试图变成"一个企业家"的尝试。经营着这家面包店，不管是在自己还是在别人的眼中，他都成了一个真正的"资本家"。事实正是如此，因为在那段时期内，巴罗哈成了生产资料的拥有者，其身份恰恰与"资本家"这个词儿相吻合。在很多方面，巴罗哈的利益与面包店员工的利益都是互相背离的。巴罗哈管理这家面包店时，店里经常会发生带有社会性质的冲突。这样的环境，以及面包店长期处于破产边缘的不稳定的局面，让巴罗哈最初的计划完全落了空，由于拼命想让这家店生存下去，他从早到晚地做面包、卖面包，跟店里的员工们日日共处，这些经历为他提供了大量的文学创作的素材，而且还培养了他对于啤酒的相当投入的热情，在当时的西班牙，这样的爱好看起来还颇为稀罕。

1898年，巴罗哈的母亲和妹妹卡门前往马德里生活，堂塞拉芬随后也去了。面包店的生意越来越差，部分原因是西班牙当时正经历的政治、经济和社会危机，当然还缘于在1898年这个多事之秋陆续发生的许多重大事件。卡门·巴罗哈在自己的回忆录中曾提到："我的哥哥们任劳任怨地拼命工作，想维持面包店的运营，但大多数工人都离开了，去开了另一家面包厂。"[1] 尽管如此，面包店仍然由巴罗哈家管理经营，直到1919年，里卡尔多·巴罗哈不顾他母亲（父亲堂塞拉芬已在几年前去世）和皮奥本人的反对，把面包店关门了事，随后便跟一个美国姑娘结了婚。

然而，尽管经历了这些风风雨雨，巴罗哈兄弟总算好不容易达到了他们的目的：拥有了稳定的生活方式，能够去旅行，去从

---

[1] 卡门·巴罗哈：《一位女士关于"九八年一代"的回忆》(*Recuerdos de una mujer de la generación del 98*)，巴塞罗那，图斯盖兹出版社(Tusquets Esitores)，1998年，第107页。

事自己喜欢的职业。

1899年，巴罗哈第一次前往巴黎。在随后的几年时间里又去了好几次。他也去了其他城市，并且在其中的几个城市待了很长时间，但在他的一生中，巴黎一直都是他的文化参照系。他在法国文化和文学的浸淫中成长，因而对其有着毫无保留的敬慕，生活在马德里的巴罗哈仿佛成了一名漂泊在外的巴黎人。

1900年，巴罗哈出版了他的第一本书《忧郁的生灵》(Vidas sombrias)，那是好几篇作品的合集；同年，他还出版了第一部小说《艾斯戈里一家》(La casa de Aizgorri)，这部作品开启了他著名的三部曲系列创作，在他的一生中，他出版了多达十一部的三部曲作品。这些三部曲并不都是按照顺序来出版的。《艾斯戈里一家》是"巴斯克土地"三部曲的第一部，紧接着它出版的是"梦幻生活"三部曲的第一部作品《西尔维斯特雷·帕拉多克斯的冒险、创造和玄秘》(Inventos, aventuras y mixtificaciones de Silvestre Paradox)。而这部作品之后出版的却是"巴斯克土地"的第二部，这个系列三部曲的第三部直到几年后才问世，中间还夹杂了好几部别的三部曲作品。

就这样，皮奥·巴罗哈开始了新生活，这样的生活一直持续到他去世，其间除了历史带来的风云变幻，并没有发生什么大的更动。

作为作家，巴罗哈曾与马德里的波希米亚圈子有所交往，但从来没有归属其中。他习惯于一切都秩序井然，那种放纵作乐的生活不仅不会让他热衷，反而会让他觉得无聊。在放弃经营面包店，开始专事写作后，巴罗哈的生活变得非常有条不紊。他每天上午写作，下午散步，晚上阅读直到凌晨。这样的生活规律直到他晚年时才有了稍许变化：他天亮起床，去丽池公园散步，然后，会在下午集中接待朋友或那些想结识他的人。

这种千篇一律的生活节奏只有在他外出旅行时才会被打破。皮奥·巴罗哈一直都很喜欢旅行。当手头比较宽裕的时候，他就会去旅行。他游遍了整个西班牙，像前面提到的那样去了好几次巴黎，还去过意大利、英国、瑞士、德国和丹麦。

在马德里时，他经常去参加聚谈会。人们读到他关于同时代人物的那些回忆和见闻时都会有一种印象，就好像他谁都认识，作家、画家、音乐家、记者、政客、演员、斗牛士，甚至还有罪犯，他跟什么人都打过交道。在那个时候，西班牙的首都是一个兼收并蓄的城市，来自四面八方的不安分的家伙都相聚于此，指望着能结识他们的同道中人。这些背井离乡、贫困潦倒的人来到马德里后，会形成一个相互交往的小圈子。在其作家生涯刚刚开始的时候，皮奥·巴罗哈似乎不费吹灰之力就加入到这个群体之中，连他所谓的愤世嫉俗的态度都没阻碍他的融入，同样的，尽管他是出了名的孤僻，但却很少自己独自旅行，不管他去哪里，都能很快和其他西班牙人或当地人交上朋友。

皮奥·巴罗哈经常跟自己的兄长里卡尔多和妹妹卡门一起看戏，听歌剧，参观展览，观看露天演出。还和他们或其他人一起去马德里附近远足，去西班牙不同的地方旅行。

毫无疑问，这并不是皮奥·巴罗哈曾经梦想过的"取得姑娘芳心，并带着她四处招摇"的生活，不过，这显然是他选择的生活，尽管这也算不上是幸福生活的典范，但毕竟是诸多选择中的最佳选项。

白鹎鸟[1]

巴罗哈一家似乎拥有一种磁场，可以阻止成员远离家庭核心。每当一位家庭成员定居于某地，没过多久，其他家人就会前去与其团聚。

在马德里时，巴罗哈一家住在位于阿尔圭耶斯区门迪萨瓦尔大街34号（后来搬到36号）的一所房子里，彼时那里还是离市中心比较远的地方，从1902年冬天开始他们就一直住在那里，直到战争让他们流落各地。那是一所两层的大房子，后来巴罗哈家又加盖了第三层，还增加了一个地下室和两个露台。这所房子原先一直是供一个家庭居住的住宅，直到后来巴罗哈家把它的空间进行了分隔。这样一来，每个家庭成员都拥有了自己相对独立的居所。皮奥和他母亲住在新加盖的楼层，里卡尔多住在底层，卡门住在中间那层。他们在那里居住、工作、社交。门迪萨瓦尔街的房子从这个意义上来说就像一个自给自足的小世界。卡门·巴罗哈通过其兄长里卡尔多结识了拉法埃尔·卡洛·拉吉奥，并在

---

[1] 白鹎鸟（el mirlo blanco），因鸫鸟大多通体黑色，所以"白鹎鸟"通常被用来指代某一群体中的另类分子。

1913年和他结了婚。夫妻二人搬去位于乌尔基霍侯爵大街的一所房子居住，但几年后，卡门跟她的丈夫和两个孩子又回到了门迪萨瓦尔街居住。在门迪萨瓦尔街的住所，拉法埃尔·卡洛·拉吉奥将他之前创办的一家出版社安置在一处古老的院落里。皮奥·巴罗哈作品中的大多数，以及阿索林[1]的大部分作品都是由这家以其创办者名字命名的出版社出版的。里卡尔多根据荷尔拜因所绘的鹿特丹的伊拉斯谟肖像设计出的图徽成了出版社的标志，直到今天，它仍然是卡洛·拉吉奥出版社的商标。由于门迪萨瓦尔街的房子增设了这家出版社，在这里出入的除了人口日增的巴罗哈一家，还有那些从事排字、印刷和装订的工人。"那些排字工总是自认为比印刷工和装订工更有文化"，拉法埃尔·卡洛和卡门·巴罗哈的长子胡里奥·卡洛·巴罗哈讲述道，"他们中大部分人都支持社会主义政党，是巴勃罗·伊格莱西亚斯[2]的追随者。那些工作年头最长的工人上街时都穿着蓝色的长衬衣，冬天的时候，在衬衣外面再披上斗篷。有一些人会戴鸭舌帽，另一些人光着头啥也不戴，但也还是有一些人会戴圆顶礼帽。通常他们都喜欢留髭须下垂的长胡子"[3]。这些有着明显政治倾向的工人每天都跟那些实际上是他们雇主的人共同生活，这在那些动荡的年月里便成了冲突频发的原因。

---

[1] 阿索林（Azorín，1873—1967），原名何塞·马丁内斯·鲁伊斯，西班牙小说家、散文家、新闻记者、翻译家，尤以关于西班牙风土人情的小品文见长，是"九八年一代"核心人物之一。
[2] 巴勃罗·伊格莱西亚斯（Pablo Iglesias Posse，1850—1925），西班牙马克思主义政治家，西班牙工人社会党和全国总工会的创始人，被誉为西班牙的"社会主义之父"。
[3] 胡里奥·卡洛·巴罗哈（Julio Caro Baroja）:《巴罗哈一家》（Los Baroja）第五章，马德里，陶鲁斯出版社（Editorial Taurus），1981年，第107页。

然而，最激烈的冲突却来自里卡尔多的婚事，原因之一就是之前已经提到过的里卡尔多为结婚而卖掉面包店的事情。这件事造成家人间龃龉不断。

里卡尔多·巴罗哈和皮奥·巴罗哈尽管一直都在一起生活和工作，却是性格上完全相反的两个人。关于这两兄弟，他们的妹妹卡门在回忆录里留下了非常清晰的描述：

> 我的母亲出于女性的本能，在评判男人时总是仅仅因为他们是男人便做出很高的评价。因此，她一直觉得我的哥哥们有权利按照他们自己的意愿生活……里卡尔多的情况便是如此，他是个有着优秀品格的人，但也许会任由自己被最微不足道的意见所左右，放弃本已经做得很好的档案管理的职业，继而又放弃经营卡佩亚内斯街的面包店，之后的各种职业结局都是如此，人生中最美好的那些年头，只要他愿意，他就去画画和做版画，不管他做什么，人家都会觉得他干得还不错；可能有好几年的时间，他都没有拿起画笔或盛着酸液的小桶，每天都睡到中午一点，纯粹是为了要吃午饭才起床，然后去雷万特咖啡馆跟朋友们聊天儿，直到凌晨两三点钟才上床睡觉……皮奥则一直从事着他那伟大的文学事业，每天笔耕不辍，早睡早起。曾有一段时期他总跟阿尤萨或其他作家去咖啡馆或剧院，

但他过的一直还是一种有条不紊的生活。[1]

日子本来一直按部就班地进行着，可里卡尔多的婚事给门迪萨瓦尔街房子里那平静如水的生活带来了一场风暴。里卡尔多的妻子卡门·莫内是一位西班牙裔的美国人，巴罗哈家的人都不喜欢她，这缘于一家人本来就有的那种对外人的排斥。卡门·巴罗哈跟家里所有人都相处得很好，跟里卡尔多关系尤为亲厚，对这位兄长怀着什么都能理解的偏爱，可在回忆录中她都丝毫不掩饰自己对于这位嫂子的敌意。从那些留存下来的照片来看，卡门·莫内远远算不上漂亮。但在生活阅历、头脑智力和其他各方面，不管是从行动力还是从所怀有的雄心来看，她都不乏才干：在共和国时期，她同情共产主义，还事事都拉上丈夫，而她丈夫倒是什么事情都乐得去参与。尽管如此，对于这位外国姑娘来说，家庭生活必然不会那么轻松愉快。跟她结婚的是一位被惯坏了的少爷，既没有事业也没有什么钱，在相当程度上是依赖她的财产度日，而且这人比她年长25岁，还让她被迫跟他那些脾气暴躁的家人共同居住在一所房子里。

正是出于让家庭生活重归和平和理性的目的，在两个哥哥的要求下，卡门·巴罗哈带着她自己的家人，回到了门迪萨瓦尔街的房子。

巴罗哈全家重又聚集在同一屋檐下，尽管偶尔也会发生争执，

---

[1] 卡门·巴罗哈：《一位女士关于"九八年一代"的回忆》（*Recuerdos de una mujer de la generación del 98*），巴塞罗那，图斯盖兹出版社（Tusquets Esitores），1998年，第67页及第68页。

但门迪萨瓦尔街那所房子里的生活又恢复了以前的热闹劲儿。里卡尔多和皮奥分别去参加各自的聚谈会,而这些不同聚谈会的参加者们时不时地也会聚在一起,主要的聚会地点便是"白鸫鸟"。

"白鸫鸟"是普利莫·德·里维拉独裁时期以巴罗哈一家为核心,在他们位于门迪萨瓦尔街的居所里成立的一个自愿参与性质的剧团。

剧团的成立起源于一场关于唐璜的即兴演出,这出由巴列-因克兰编导的作品曾让堂娜布丽吉达的表演成为传奇。"白鸫鸟"是个小剧场实验剧团,其活动参与者中不乏当时西班牙知识界的杰出人物。巴罗哈家除了母亲之外的其他所有成员都加入了剧团,其中拉法埃尔·卡洛·拉吉奥的参与尤为重要。卡门·莫内在剧团中扮演了相当活跃而高效的角色。而巴罗哈兄妹三人负责为"白鸫鸟"剧团写剧本,皮奥也参加了好几场演出,但他应该是个非常差劲的演员,更糟糕的是,还不太服从调度。胡里奥·卡洛曾评论道:"我舅舅皮奥作为丑角的表演引发了不少议论,因为,从本质上来讲,他跟舞台上的那个形象是完全相反的人。"[1] 虽然演出总是在家里进行,而且演员也都是业余的,但所有人都是以专业剧团才有的那种严肃态度来对待每一场表演的,布景装饰和服装的制作也都非常精良。在"白鸫鸟"剧团,皮奥·巴罗哈首演了他自己的两部非常有意思的作品:《告别波希米亚》(*Adiós a la bohemia*)和《药房学徒阿勒金》(*Arlequín, mancebo de*

---

[1] 胡里奥·卡洛·巴罗哈(Julio Caro Baroja):《巴罗哈一家》(*Los Baroja*)第五章,马德里,陶鲁斯出版社(Editorial Taurus),1981年,第180页。

botica），巴列-因克兰也首演了自己的作品《堂弗里奥雷拉的绿帽子》（Los cuernos de don Friolera）。

尽管如此，皮奥·巴罗哈还是很少参加家里的集体活动。他还是更喜欢按自己的规律生活。当母亲的健康状况开始走下坡路时，皮奥·巴罗哈便加倍尽心地照顾母亲。那时，他的时间主要都用来照顾母亲、写作和参加聚谈会。

维拉·德·比达索阿

1912年，巴罗哈一家在纳瓦拉的维拉获得了一处房产。那是一座大宅子，房子的石头墙壁上长满了常春藤，还有花园，"有个土坯墙围起来的果园，有一片玉米地，草地上还有片苹果园"[1]。这所房子一开始是作为消夏避暑的居所的，但后来巴罗哈家一年中的大部分时间都在这里度过。每年一开春，皮奥·巴罗哈和他母亲便带着一个女仆，带着猫和冬天时买到的一箱箱的书，住到维拉来。家里的其他成员随后也会来到这里。[2]

皮奥·巴罗哈将他的大量藏书都放在了维拉的房子里。"他在那里读书、写作、散步，花费大量的精力来照管果园……堂娜卡门在其他任何地方都没有像在维拉那样觉得如此惬意。"[3]

维拉的这所在当地被称为伊特塞阿的房子，已经与巴罗哈一家的生活紧密地联系在一起，难以分割：1912年，就在房子被买下来的那一年，一家之长堂塞拉芬·巴罗哈在这里离世；1935年，

---

[1] 米盖尔·佩雷斯·费雷罗（Miguel Pérez Ferrero）：《皮奥·巴罗哈的生活》(*Vida de Pío Baroja*) 第三部分第一章，巴塞罗那，命运出版社（Editorial Destino），1960年，第224页。
[2] 同上，第240页。
[3] 同上。

皮奥·巴罗哈花费那么多年照料的母亲卡门·内西也在这里去世;一家人在这所房子居住时赶上了内战的爆发,全家在那里度过了战争岁月,最后都活了下来;1953年,里卡尔多·巴罗哈也死在这所房子里。除了巴黎这个让皮奥·巴罗哈总感觉自己像个过客的城市,他可能也就是在维拉找到了人生中很少能享受得到的幸福。

可是这种岁月流逝中的闲适恬静也许只是一种表面现象,这一点从一件反复发生的奇怪事件中就可以看出来:堂皮奥在维拉村子里蹓跶的时候,总有一个小孩儿一看到他就喊:"伊特塞阿的坏蛋!"很难想象,这位来自首都并且跟当地人也应该没什么来往的名人到底做了什么才让自己落得这么一个明确直接、毫不留情的名号。

当然,这只不过是些无端臆测。皮奥·巴罗哈几乎不会在自己的作品文字中让人们觉察出他的情感本质。他不厌其烦地详细叙述发生在身边的一切,精准地描绘这场无休无止的大戏中的"演员"们,但是到了要展示他自己个性的时候,一切就都只限于关于抽象事物的泛泛之谈,就好像他对那些可能会对他产生切身影响的事情根本就不感兴趣,要么是因为那些事情让他感到害怕,要么纯粹是因为他不愿意和任何人分享。实际上,巴罗哈通常所表现出来的这种态度正是他所有内在矛盾的体现。他在追求稳定的同时也在追求改变,这种追求不仅体现在思想上,也体现在行动上。他从马德里去维拉,又从维拉去马德里,只要有可能,他就到巴黎、罗马和伦敦去。他小说中的那些人物总是在四处旅行,即使不能去旅行，也都在不停地更换住所。这毫无疑问是他那种漂泊感的象征，但也是巴罗哈不安定内心的直接反映，这种对迁移的执念与他那极富规律性的生活习惯一直是矛盾的，直到岁月和精力的流逝让他最终在自己的扶手椅上停泊下来。

被吓坏的老人

1936年内战爆发的时候，皮奥·巴罗哈正像往年那样，跟家人一道在维拉消夏，母亲前一年离世已经不在了。当时他只是想去瞧瞧那场动荡骚乱到底是怎么回事儿，却差点儿以一种异常荒唐的方式被枪毙。叛乱发生后的最初几天，他听说有一支卡洛斯党[1]的队伍要经过维拉附近的一个村子，便想跟一个朋友一起去看看热闹。他并不是个傻瓜，但却是位小说家。他被人认了出来，被迫从汽车上下来。关于此事，卡门·巴罗哈在自己的回忆录里是这样讲述的：

当到达桑特斯特万附近时，他们遇到了从省内方向开过来的卡洛斯义勇军的队伍。士兵们让他们从汽车上下来，有个在潘普洛纳与一个客栈老板之女结婚的小队长，用手里的枪对准皮奥，对他的手下说道：

"这个老头儿是皮奥·巴罗哈，就是那个一直想诋毁

---

[1] 卡洛斯党是西班牙拥护波旁王朝的保皇派政党，曾在19世纪发动过多次内战，而在1936年爆发的西班牙内战中支持佛朗哥一方，反对共和国。

我们传统的家伙。现在你们瞧瞧他，已经吓得半死啦！"

好像是他一直用枪指着皮奥让他走到路边的排水沟那儿去。皮奥气得脸都白了，根据后来奥乔特克（那个跟他一起去的人）所说，当时巴罗哈回答那个小队长，说自己在任何人面前都不会发抖，更别提像他那样一个卑鄙无耻的卡洛斯党分子。[1]

巴罗哈到底有没有表现得如此大胆而无畏实在让人说不准，因为如果真是这样，那么在巴罗哈做出如此不合时宜的回应后，事情居然没有变得更为糟糕，这就显得令人不可思议了。在言语上示弱从来都不是巴罗哈家人的性格，不过，他们倒都具备对琐碎细节的偏好，比如那个"在潘普洛纳与一个客栈老板之女结婚的"小队长耀武扬威地用枪指着吓唬一位老人家，这样的细节让巴罗哈家人的叙事都变得格外生动。令人诧异的是，皮奥自己对这件倒霉事儿的叙述却相当简洁，没有彰显什么英雄气概，在本书的巴罗哈作品选段中就能看到这部分内容。

自1931年第二共和国建立以来，皮奥·巴罗哈公开表明过自己置身事外的冷淡态度，虽然除此之外他从来都不参与社会公共生活，但他作品中反教会的态度，他维护自己立场、攻击他人所采用的那种刻毒态度却让他在保守派的圈子里激起了相当多的仇恨。从意识形态上看，他其实比他哥哥里卡尔多更接近反共和

---

[1] 卡门·巴罗哈：《一位女士关于"九八年一代"的回忆》(*Recuerdos de una mujer de la generación del 98*)，巴塞罗那，图斯盖兹出版社(Tusquets Esitores)，1998年，第156页。

国的阵营，里卡尔多受妻子卡门·莫内的影响而同情支持共产党。但是在充满暴力的动荡时期，由于有着很高的知名度，又因为那场可怕的大戏确实需要"演员"，所以反倒是皮奥成了那个差点儿被处决的人，而不管是战争期间还是战后，那么长的时期里都没有任何人来找过里卡尔多的麻烦。

在与那些卡洛斯党分子遭遇后，皮奥·巴罗哈得以死里逃生，后来又从监押中被释放，他回到了维拉，却觉得有理由相信自己会经历生命危险，于是他越过国境，直到战事结束，都一直待在巴黎。他住在"西班牙学院"，除了给布宜诺斯艾利斯的《民族报》写一些文章来挣得一份少得可怜的稿费，再没有其他收入，而他家里的其他人都留在维拉，在贫困中艰难度日。关于他们当时的困窘生活，卡门·巴罗哈曾在她的回忆录中留下令人震惊的描述。

皮奥·巴罗哈曾试图流亡到美洲去，但却没能成行。他当时觉得自己年老多病，对一切都已意兴阑珊，于是便在1937年回到了西班牙。为了能被允许回国，他付出了高昂的代价。他同意出版一个选集，里面净是他那些最激烈的反对共产党、反对共济会和犹太人的言论，他还得宣誓效忠新政权，据传他在宣誓效忠时，采取的恰是他特有的那种半是粗鲁半是嘲讽的方式。当他被霍尔达纳伯爵问到是否忠于西班牙，忠于由佛朗哥所代表的基督教传统时，他回答道："照着习惯来吧。"

还有一次，当巴罗哈一家都在维拉的时候，有个宪警准尉到那里去审查皮奥·巴罗哈回西班牙的许可是否真实有效。检查完相关文件后，那个宪警问他："你信教这事儿进展如何呀？"皮奥·巴罗哈虽然并不是什么安分守己的人,但却也无法靠说谎来蒙混过关,他答道:"也就一般般吧。"在讲述这件轶事时,胡里奥·卡洛评价道:"当一名宪警的准尉有权去问一个年近七旬的知名作家他信教的情况如何,那么发生这种事情的国家一定是发生了很严重的事情。"[1]

---

[1] 胡里奥·卡洛·巴罗哈(Julio Caro Baroja):《巴罗哈一家》(Los Baroja)第五章,马德里,陶鲁斯出版社(EditorialTaurus),1981年,第351页。

没落与死亡

从战争伊始,巴罗哈一家就在饥饿、彷徨和不解中走着下坡路。

门迪萨瓦尔街的房子没能坚持到内战结束。一次轰炸将它彻底摧毁,也让巴罗哈家的大部分财产毁于一旦。里卡尔多和卡门·莫内留在维拉生活。卡门·巴罗哈和她的两个孩子——胡里奥·卡洛和皮奥·卡洛回到马德里与拉法埃尔·卡洛·拉吉奥团聚,在鲁伊斯·德·阿拉尔孔大街的一处公寓安顿下来。卡洛·拉吉奥在从事出版行业之前曾在邮政部门工作,于是他申请重返邮政系统并且得到了邮局的职位。他卖了门迪萨瓦尔街的地皮,重新搞到了一些机器,试图把出版社再开起来,但最后也没能做到。没过几年,1943年他就去世了。那时皮奥已经到鲁伊斯·德·阿拉尔孔大街的房子里跟他妹妹一家住在一起,一直到他去世都没有再搬走。

在生命的最后几年,皮奥·巴罗哈的身体日渐衰弱。他仍然写作和散步,每天下午在家里接待访客,日后那些赞誉几乎都是在他去世后才落到他的头上。

胡安·贝内特结识他的时候，他正处在这样的状态下，衰弱老迈，牢骚满腹，寡言少语，周围都是想来见识他衰老样子的好事者，也有来跟他唠家常讲笑话的忠实的多年老友。皮奥·巴罗哈变得嘴馋、任性、冒失，总是沉默着，倾听着，就像那些对什么事儿都不感兴趣，又极易被任何事情分心的人一样。当相互对立的阵营为了各自的事业试图争取他的加入时，他装出一副毫不知情的样子，要么是真的糊涂了，要么就是在耍心机。他曾说自己从小就没天真过，可这会儿他却准备好要去享受这份天真无邪了。双方的意见他都表示认同，他要是说些什么话，多半是为了安抚那些有可能对他造成伤害的家伙。

那些年的经历在他那长篇累牍且混乱模糊的自传里都有所记载。在自传中，这些内容一如往常地充满争议，引发论战。他什么都敢写，利用劲爆的论据来攻击那些他自己臆造出来的对手。但他的观点却没有哪一个是确切或实在的，因而也不足以让他身陷麻烦。他提出的那些理由如烟花般耀眼，但据此讨论的那些事情其实早就没人在意了。正是这种含糊其辞和系统性的不严谨，让关于巴罗哈的争论在他去世多年后仍在继续。

皮奥·巴罗哈在他生命的最后时刻已经完全丧失了思考能力。他那时总体的状态是非常虚弱的，但真正让他痛苦万分的是那些噩梦和想象带来的恐惧。根据胡里奥·卡洛·巴罗哈的讲述，皮奥·巴罗哈有时晚上醒来时总是焦虑异常，以至于家里人不得不给他准备了两张床，让他两张床换着睡，这样就可以将噩梦带来的恐惧抛在脑后，就像抛开一个他厌恶的总盘桓于一地的残忍的家伙。有些时候,让他惊醒的梦魇是在圣卡洛斯医学院的考试中迟到,六十年前他曾在那里上学,对那段经历,巴罗哈在自己的回忆录和一些小说(尤其是《知善恶树》)中都曾给予了负面的评价。还有些时候,他从床上起来,试图从卧室逃出去,因此家人总是将他卧室的房门敞开着。就在这么多次仓皇失措的逃离中,有一次他摔倒了,摔断了股骨。做完手术后他又活了几个月,一直处于昏迷状态,在亲属们的保护下,那些希望他重新回归天主教信仰的企图没有得逞。1956年10月30日,皮奥·巴罗哈未能恢复意识便溘然长逝,死后被安葬在非天主教的平民墓地。

ecibir una bala en el costado. Marc
guerrilleros corrían y gritaban tras ellos
razos. Uno de los franceses escapó galope
otro cayó a tierra acribillado a
galope durante alg
empo. Luego se fue torciendo, torciendo, hasta que s
no una manada de chacales que se lanza sobre un trope
ándoles el paso salió una docena de g
eros, que les disparó una lluvia de trab
os. Uno de los franceses escapó galopando; otro cayó a tier
ribillad
palazos. El tercero debió de recibir un
Gracias, compañero. Después de
iadosa obra nos reunimos con el escuadrón. Los de la partida del jabalí s
argaron del papel de verdugos
nero era hombre de unos
la boca, y los ijares llenos de sangre. Mi
Todos los franceses que pasaron por
en la persecución.
uiso señ
esuma que le as
que se le enganchó un pie en el estribo y el caballo le arrastró por el suelo largo tiempo hasta conver
de Lara y del Tobalos, llevamos el cadáver de Fichet hasta un b
ecillo de pinos, le pusimos la espada sobre el pecho y le enterramos. Me parecía que el comandante francés nos miraba y nos d
montón informe de sangre y de barro. Uno de los
lo. Bandadas de cu
s venían por el aire, preparándose para saborear el gran banquete que les dábamos los hombres. El Brigant
el crep
de cuervos venían por el aire, preparándose para saborear el gran banquet
les dábamos los hombres. El B
ciamos inmóviles la sinie
te. Y se acercaba el crepúsculo. Ban
n carabina algunos desgraciados que intentan huir. Un grupo de cinco dragon
ieron hacia nosotros corriendo, bu
mala
lí a acorralar y a perseguir a los dragones y gendarmes dispersos. Nosotros
osquecillo de pinos
obalos, llevamos el cadáver de Fichet hast
vino hacia nosotros encorvado, sad
ndo al caball
s, así se lanzaron los q
Lara y

cuarenta años, fuerte, de aire sombrío. Diga usted
Todos los franc
iban tras ellos. Cortánd
no quiso señalarse en la persecu
iban con el sable en alto, al galope; los guerrilleros corrían y
buscando espacio
desgraciados que inte
Un grupo de cinco dragones
caballo le arrastró por el suelo largo tiempo hasta convertirle un mont
que les dábamos los hombres. El Brigante, que
a distinguido en el ataque
belga. Le dije. Gracias. Me contestó él.El
nuestro lado fueron hechos prisioneros. Yo, en
pecho bañado de
con el escuadrón. Los de la partida del Jabalí se encargaro
uadrón del Brigante. Después de
tenía to
convulso. Temblaba,
Después de esta piadosa obra nos reunimos
se le enganchó un pie en el estribo
cayó con tan mala suerte, que
sangre y de barro. Uno de
los del Jabalí a acorralar y
tropel de caballos fugitivos, así se lanzaron
el pecho y le enterr
Me parecía que el comandante
papel de verdugos. Como
que se había distinguido
ataque, n
Y se acercaba
se lanza sobre un tropel de caballos fu
cés nos miraba y nos decía: Gracias,
Le dije en francés. El drag
franceses vino hacia nosotros encorvado, sacudiendo al caballo con el s
manada de chacales que
Diga usted que es belga. Le dije. Gracias. Me contestó él.El escuadrón del B
sin poder soste
el pobre homb
Detende; hay cu
Al ver que le cerrábamos el paso, torció a la derecha. Yo seguí tras él.
de aire sombrío.
Temblaba, convulso. El caballo tenía to
dragón se detuvo.
hasta que sus manos se agarraron a la silla
torciendo,
era hombre de unos cuarenta años,
y los ijares llenos de sangre. Mi pri
prisioneros. Yo, en unión
dije en franc
luego se fu

第二部分

巴罗哈和女人们

想必巴罗哈曾经非常希望自己能在与异性的交往中赢得她们的芳心，他自己也曾多次将这样的意愿诉诸笔端，有时直截了当，有时又委婉含蓄。不过，人们不得不承认巴罗哈并没有为此做出什么了不得的事情。

也许他的感情和性爱生活并不像他自己和他的那些传记作者所描绘的那般枯燥无味，因为从外貌看，他的样子并不令人讨厌，应该也是位很不错的聊天对象，当有异性在身边时，他那出了名的尖酸刻薄竟也能消失得无影无踪。也许主要的障碍在于他总在想方设法地逃避一切承诺。到底是他逃避责任以便让自己全身心地投入文学创作，还是对文学的全心投入只是他那寡淡的情感生活的结果，我们也许永远也无法确定了。最有可能的还是这两种因素相辅相成，没有什么外因可以改变这一机制，巴罗哈自己也从来没有下决心来打破这种恶性循环，这要么是出于权衡算计，要么是出于胆怯懦弱，或者还有其他某个或某些原因。在实践中，彰显个性可要比达成意愿重要得多。

人的情感领域往往是个谜：出于谨慎，人们对此并不多加谈论，就算聊起感情方面的事，他们所吐露之言我们也不该轻易就相信，因为就算是最真诚的人都会搞错或说谎，要么是因为有心，要么是出于无意。有鉴于此，就不得不靠猜测了，而这些猜测与其说是暴露了那些被猜测对象的个性，还不如说是暴露了做出猜测的这个人的个性。这件事不应被忽略，尤其是涉及巴罗哈时就更是如此。他关于情感领域的观点繁杂多变、不容辩驳，而且一如既往地相互矛盾，但他自己的情感生活历程却完完全全被忽略不提了。

我们唯一了解到的是，在巴罗哈数量众多的自传作品中有那么几件事也许可以被当作情事来理解，后来他自己也会带着苦涩来追忆这些往事，人们常常会在为时已晚之际，怀着这样的苦涩为失去的机会感伤不已，甚至于想从此种体验中获利。我已经说过，巴罗哈自认为是兄弟姐妹中相貌最不出众的一个，自从成了公众人物，他就采取了一种旨在证明这一观念的外在行为方式。他的穿着方式和态度中总是带着那么一点沮丧的意味，明明岁数并不大，却好像迫不及待地要把自己变成后来那样一个哪怕在盛夏酷热的日子里都会畏惧寒冷的老家伙。于是他那时便总是摆出一副悲观主义者的样子。

在学生年代，与追着女孩子献殷勤相比，巴罗哈好像更乐于去高谈阔论和争辩研讨。那个时代的大学校园是不折不扣的男性世界，出身资产阶级的青年们要与异性交往时会常常光顾各色舞会，可在那些晃荡着女裁缝、女商贩和女用人的舞会上，巴罗哈往往觉得自己根本就是来错了地方。要在这种纵行享乐的地方获取成功所必须展示的东西巴罗哈一样都不具备,他只是一个长相土气的外省青年,永远思虑重重,忧心难解。这种被边缘化的经历很有可能让他天生气质中的这些特征得到进一步深化。还有一种可能,是他作为医科学生的经验向他展示了好色纵欲的危险,而这种担忧促使他在通常情况下都会避开女人,对妓院更是避之唯恐不及。我们不知道巴罗哈有没有常去妓院,但他在作品中,对这种在西班牙人生活中普遍存在的场所一直保持着疏远和厌恶的态度,似乎他早已看到医院诊室里的那些污秽不堪与"性事中悲伤的无产阶级"之间存在着一种直接的联系。

专业学习的第四年开始了,维内罗突发奇想,让我们一起去上一门关于梅毒或皮肤病的课程,这门课是由塞莱索医生在圣胡安·德·迪奥斯医院里教授的……

对于一个像我这样容易激动而又不安分的人来说,当时的那个场面实在是令人抑郁。那些女人都身处最下贱、最悲惨的境地。看到如此不幸的人们无家可归,被扔在一间黑暗的诊室里无人问津,如同被抛在一个粪坑之中,见证那些总是伴随着性事的腐烂与脓疮,这一切都给我带来了痛苦万分的印象。

之后巴罗哈又写道:

我相信对大多数易动感情的男人来说……那些最初

的接触给他们带来的只有忧伤而嫌恶的感觉。一间贫陋之居中的斗室，脏脏的房间，厚颜无耻的话语，廉价的香水，害怕传染的忧惧，一切都是那么可怕。[1]

后来在成年之后，巴罗哈的生活中出现了那么几次带着些爱情意味的遭遇。这些经历屈指可数，在他留给我们的关于这些经历的简短叙述中，巴罗哈总是以一种异常简单粗暴的方式避开这些话题，而且从来没有对那些叙述的突兀收尾做出过令人满意的解释。

这些简短的、带着感伤色彩的小插曲在巴罗哈的小说里虽然为了契合情节的发展做了一些美化或修改，但它们被描述的方式与巴罗哈后来在自己的回忆录中叙述这些经历的方式非常相似。除了这种情况，还有其他类似的情况，都会让人不免产生疑问，到底是小说情节来自于被转化成文学素材的个人经历，还是反过来，被转化成文学素材的个人经历来源于小说。总而言之，巴罗哈在写回忆录时已经到了很容易犯糊涂的年纪，他会轻易地，甚至是故意地将平淡生活中的现实与他想象出来的激烈动荡的故事混为一谈。既然在他自己的小说里，他已经让角色代替自己去体验了那些情事和奇遇，那么把那些经历作为他生活的一部分统统写进自传中去也就不足为奇了。

不管怎样，我认为还是有必要对这些已被展示的事件中的某

---

[1] 皮奥·巴罗哈：《知善恶树》第六部分第五章，马德里，埃斯帕萨·卡尔佩出版社，1937年。

几个来做些简要的研究，因为如果能把作为男人的巴罗哈和作为作家的巴罗哈分开来看待的话，就会发现，那些情节对他作为男人这方面所揭示的东西实在有限，但关于他作为作家的一面却能透露很多东西。我因某些事件情节的独特性而将它们选了出来。甚至那些不那么精明的读者都能够看出，这些故事跟那些传统小说中的典型故事之间有着千丝万缕的对应关系。

第一个故事发生在巴罗哈的青年时代，属于他那为期不长但却异常繁忙艰苦的乡村行医时期。据他在回忆录中所述，他确定要去塞斯托纳工作时，他的父亲塞拉芬·巴罗哈正好要到阿拉瓦省的矿区去处理几项工作事务，巴罗哈便陪同父亲前往那里。在矿区的一所房子里，他们遇到了一位与"一对姐妹同住"的"染发的加利西亚老头"，"两姐妹中的一个带着成熟的韵味，非常美丽；另一个则要年轻得多，也很漂亮"。巴罗哈感到被那个年长一点儿的姑娘深深吸引，以至于开始抱有这样的想法：

如果那时生活能松快一些，我就会对那个女人说："请您抛下那个令人厌恶的、虚情假意的老头子吧，跟我走吧，至少我年轻，就算您不想让我陪伴，起码您也可以得到自由呀。"

但很快我又想道：

"可又怎么做得到呢？我从哪儿弄到钱来干这个呢？我怎么能放弃医生的职位呢？之后又靠什么过活呢？"

这个忧伤的女性人物后来出现在《忧郁的生灵》这部文集中的一个故事里。而关于此事更为有意思的版本则出现在他所谓的"自传体"小说《知善恶树》中，因为在这个片段中，中心人物并不是那个女人，而是那位男主人公。在这里，那位矿区姑娘变成了年轻的乡村医生投宿的客店的女主人，她的丈夫同样也是一个令人鄙夷的家伙。离开小镇前在客店度过的最后一晚，医生跟女店主有了独处的机会。

"您明天就走吗，堂安德烈斯？"

"是呀。"

"现在就咱们两个人，您愿意的时候咱们就吃晚饭吧。"

"我一会儿就好。"

"眼看着您就要离开真是让我难过。我们都把您当成家人了呀。"

"又有什么法子呢！大家都不希望我待在镇子上了。"

"您这么说可不是因为我们吧。"

"不，我说的不是你们。我是说，我那么说不是因为您。但要说离开镇子让我感到难过，主要还是因为您。"

"得了吧，堂安德烈斯！"

"不管您信不信，我对您深有好感。我觉得您是个优秀的女人，非常聪明……"

"上帝呀，堂安德烈斯，您真是让我不知说什么好了！"她笑着说道。

"不知说什么就不知说什么吧，多洛特阿。这丝毫不妨碍事情的真实性。您的不足之处在于……"

"让我们来看看缺点吧……"她假装一脸严肃地回应道。

"您的不足就在于，"安德烈斯接着说，"您跟一个傲慢无礼的笨蛋结了婚，他让您感到痛苦，对这么个人，我要是您，会随便找个人相好而不必忠实于他。"

"耶稣呀！我的上帝呀！您都在跟我说些什么呀！"[1]

这段使用了十七次"您"称谓的快速对话结束后，多洛特阿屈服于这位住客的请求，也向她自己的冲动让了步。第二天一早，医生什么也没说就离开了，再没发生任何事会让人对他们之间短暂而随机的关系产生疑虑。起码安德烈斯并没有显露出半分疑虑：一到马德里，就有别的事情吸引了他的注意力，他便再也没有想起多洛特阿。实际上，多洛特阿再也没在小说中出现过了，连提都没有被提到过。然而，那个情爱绵绵的夜晚却在安德烈斯的心中带来深深的不安。

安德烈斯坐在床上，心神不宁，呆呆地愣着。

他彻底处于一种犹豫踌躇的状态，感到后背上仿佛有

---

[1] 皮奥·巴罗哈：《知善恶树》第五部分第十章，马德里，埃斯帕萨·卡尔佩出版社，1937年。

一块烙铁扯住了他的神经,他不敢让双脚沾到地面。

他垂头丧气地坐在那儿,用双手撑着额头,直到听到有汽车来接他……

"太荒唐了!所有这一切真是太荒唐了!"随后他感叹道。他这里所指的是他的生活,是这个刚刚过去的、如此出人意料且具有毁灭性的一夜。[1]

无论安德烈斯·乌尔塔多身处多么绝望的境地中,上面这一幕也不像是一个刚刚与已婚女性初尝性事后的年轻人该有的反应,他似乎并不爱那个女人,而且以后也不会再见她了。这段经历带给他的也许不应该只有沮丧,起码应该有那么一点儿兴奋。然而,如果我们排除客店女主人多洛特阿的故事纯属虚构的可能性,也排除这个故事来自我们完全不知情的真实经历的可能性,也就是说,如果我们接受这样一种理论,即遇上跟那个染发的加利西亚老头儿同居的两姐妹的经历,以及完全出于臆想的对姐姐的告白都给巴罗哈创作《知善恶树》中旅店的那段故事情节提供了灵感,而且这一切还自然而然地引出了靠说丈夫坏话来引诱女性的偏激但并不罕见的手段("请您抛下那个令人厌恶的、虚情假意的老头子吧,跟我走吧,至少我年轻","您跟一个傲慢无礼的笨蛋结了婚,他让您感到痛苦,对这么个人,我要是您,会随便找个人相好而不必忠实于他"),那么,安德烈斯·乌尔塔多那

---

[1] 皮奥·巴罗哈:《知善恶树》第五部分第十章,马德里,埃斯帕萨·卡尔佩出版社,1937年。

种充满绝望情绪的反应就更容易为人所理解，因为这种反应其实并不是要与这个人物相符，而是要与巴罗哈本人契合。也就是说，这种反应并不属于一个刚刚有过一种紧张而激烈经历的年轻人，而属于一个刚刚放弃了情爱幻想的男人，他之所以放弃与其说是由于道德或信念的要求，不如说是因为缺乏物质条件，因为没有那种就算没有财富权势，也要去开启一段前途未卜的感情冒险所必需的勇气。

＊　　　　＊　　　　＊

接下来的这件事儿发生在几年以后的罗马，可见于本书第四部分的文本选段。跟那个客店老板娘的故事一样，这件事经过适当的改编后，出现在小说《恺撒或一无所有》（César o nada）中。而在巴罗哈的回忆录里，它则以本来面目被呈现出来。简而言之，这个故事是这样的：巴罗哈去罗马，在一家旅馆里住了两三个月，那里当时还住着几位高贵的女士。经过几番见怪不怪的波折，巴罗哈与一位"就要成为老姑娘"的"意大利小姐"建立了很亲密的关系。终于，这位小姐建议让巴罗哈陪她一同前往那不勒斯，在那里待到过完冬天。可这一回巴罗哈再次赶上手头拮据。为了不向那位小姐坦白此事，一天早晨，巴罗哈没与任何人作别就离开了旅馆。如果不是被一种满是小家子气的氛围所笼罩，那场面倒颇有几分陀思妥耶夫斯基和卓别林作品的意味。然而，巴罗哈给出的解释很难让人信服。不管人们怎么看待这件事儿，如果与一位女性的关系已经确信无疑地达到了非常亲密的程度，特别是当表示主动的是这位女士时，向她坦白真相总还是要比把她突然丢下显得更温文有礼，而且也没那么令人难过。如果巴罗哈不想暴露他经济上的拮据，完全可以找到某种借口。除此之外，他其实还可以把他的难题告诉给那位女士，并且接受她的好意款待：巴罗哈当时三十五岁，是个规矩庄重的人，行为举止无可指摘，此外，作家的身份也是加分项，在罗马这家旅馆的小世界里，大家都把他当作杰出的知名作家来看待。一位女士邀请他同去那不勒斯，就算在当时最严苛的社会规范中也无可厚非。可是他对这件事情的解决方式却是如此草率而无礼，让人不由得觉得巴罗哈应该是被吓坏了。毫无疑问，那位"意大利小姐"对他没有丝毫吸引力，但是他觉得她太聪明了，那些惯用的借口对她根本没有用。真实的情况是，巴罗哈不想做出承诺，又没有勇气当面告诉那位女士，这种表现也许是很糟糕，但却是可以被理解的。

在《恺撒或一无所有》中，涉及这段经历的桥段被引入了一种玩世不恭的因素，这种因素让这个故事偏离了原来的样子，但同时也让它变得更为清晰明了。小说的主人公拒绝了一位有钱女人的主动示好，在他看来，那个女人的态度里夹杂着来自本能的肉欲和渴望占有的热望。这个带些感伤意味的小故事经过文学改编后，反而显得要比对事件所做的表面化的简介陈述要真实得多。

* * *

第三件事儿就是众所周知的"俄国女人"的故事，这个故事在本书中的文本选段中出现了两次，是迄今为止流传最为广泛，情节冲突最为激烈的故事，因而也令传记作家们着墨最多。

这一事件发生的时间被巴罗哈本人确定为"1913年夏末"。他曾多次在巴黎小住，其中一次在巴黎逗留期间，他成了一位俄国夫人家沙龙的常客，那位俄国夫人年轻、貌美、聪慧，嫁给了一位在高加索某地工作的矿山工程师（就像巴罗哈的父亲）。那位俄国夫人年纪还不到三十岁，而巴罗哈已经四十有一，他这样描述自己："……这是一个又老又穷，相貌平平的家伙……不得不甘于屈居人后。"后面又提道："由这么一位已经上了点儿年纪，衣着又寒酸的先生陪在身边，您不会觉得尴尬吗？"常去那位俄国夫人家的还有夫人的两位女友：年龄大一点的那个就像"一个珍珠母做成的有着红润脸蛋儿的洋娃娃"；而另一个只有十四岁，小提琴拉得非常出色。巴罗哈在心底里真正爱慕的是那位俄国夫人，但却在所爱之人充满嘲讽意味的目光注视下与她的那两位女友调情。有时候就像是堂伊拉利翁进入了《危险关系》和《洛丽塔》的场景。当然，这段故事最后还是无疾而终。那是一场不可能实现的爱情，必然会发生误会、爽约、错过，最后注定走向分手。那两出戏的主人公又一次深受打击，更确定了对生活感到无望的评价。令人奇怪的是，作为现实生活中的主人公，巴罗哈暗示自己曾有过自杀的念头。小说里的主人公倒没有这样做，而是继续着他那忧郁伤感的漂泊。

小说里与回忆录里对这段历史的讲述内容如出一辙，这让我觉得在这里重现一下这两个片段也并非毫无益处：

《堕落的性感》

(*La sensualidad pervertida*)

在巴黎待了十五天后，我觉得是时候去拜访我在圣塞巴斯蒂安认识的那位身材高大的俄国女人了。我看了看她的地址，便动身前往她那位于帕西区的家。她不在家，于是我留下了自己的名片。我觉得那个俄国女人已经不记得我了，我对此倒并不十分担心；但是三四天后，我就收到这封用法语写就的信件：

《旅归》

(*A la vuelta del camino*)

抵达巴黎十五天后，我想或许应该去拜访一下我之前在圣塞巴斯蒂安认识的俄国女士了。我并不知道我手头的那个地址到底是属于那位不好相处的男人婆的，还是属于另外那位女士的。

在一个无所事事的下午，我心想："我要去瞧瞧在圣塞巴斯蒂安认识的那位女士住在哪儿。"就算最后发现住在那儿的是那个讨人厌的男人婆而非那位女士，那我也无所谓了。

我乘上有轨电车，前往一个很远的街区，最后来到一片花园洋房区。我向门房打听了一下，女士并不在家，于是我

| "亲爱的穆尔基亚先生：我在乡下待了几天，所以没有早些给您写信。您是否愿意明天下午四点到五点间光临寒舍以品香茗？能与您会面我将不胜愉悦。执手致礼，安娜·德·罗莫诺索夫。"

我注视着这封信：蓝色的信纸，时髦的花体字，不是那么规整，带着些许慵懒而梦幻的气息。 | 留下了自己的名片。我觉得那位俄国女士没准儿已经不记得我了，对此我倒没觉得有什么可忧心的。三四天后，我收到了下面这封用法语写的信：

"亲爱的先生：我在乡下待了几天，所以没有早些给您写信。您是否愿意于明日下午四点到五点间光临寒舍以品香茗？能与您会面我将不胜愉悦。执手致礼，安娜。"

我记不清自己是不是在一部名为《堕落的性感》的小说中就称呼这位女士为"安娜"，其实她的名字并不是安娜。不过，我还是要这么称呼她，因为在我记忆中她就叫安娜。

我注视着这封信：时髦的花体字，不是那么规整，带着些许慵懒而梦幻的气息。 |

再明显不过，巴罗哈必定是参照着左边文本的内容撰写了右

062　　巴罗哈：命运岔口的抉择

边文字。然而，巴罗哈试图用下面这句不乏狡黠的话语来对此予以否认，"我不知道我是不是在一部题为《堕落的性感》的小说中用安娜的名字来称呼了这位女士"，这句话所显示的那份天真倒还颇有几分动人。可既然他都是一个字一个字照抄的，怎么可能不清楚女士名叫安娜呢？而且谁又看不出来那封假定由那位俄国女士写就的信件处处透着巴罗哈的写作风格呢？

现在，由于巴罗哈很明显是在撰写回忆录时想到了那篇小说的文本，而且小说成书于1920年，而回忆录的第四卷写于1947年，所以可以得出结论，要么是巴罗哈在回忆录中照抄了自己的小说，要么是这两段故事都是取材于事发当时写下的日记或所做的笔记。后者的可能性并不大：巴罗哈在自己的旅行途中会对环境氛围做一些记录以便日后在小说写作时使用，但是他似乎并没有记录自己的个人经历，至少并没有系统地记录。就算他曾对此有所记载，但由于并没有公开发表，所以手稿有可能在1947年以前就佚失了（也许是在门迪萨瓦尔街的房子遭到轰炸时散失的），也有可能是放在了维拉·德·比达索阿村。然而，最有可能的是，巴罗哈在回忆录中提到他与那位俄国女士的关系时并未如实照搬自己的记忆，而是在撰写时利用了小说中的那个片段，在小说中，他那些经过适当虚构的回忆在当时都有了确定的结局。

我们无法苛求一位小说家在使用现实素材构建自己的虚构世界时做到精准无误。正如我前面说过的那样，真是没有比在读小说时还去寻找经过不同程度伪装的现实线索更糟糕的阅读方式了。实际上，对现实进行改造，使得个体经验成为具有普适性或典范性的体验，这才是所有小说的本质之所在。自传体的文本则另当别论，因为此种文本要尽可能地保持个体的独特之处，使所述内容显得真实可信。可巴罗哈对此是否心知肚明则是需要打问号的。

不管怎样，虽然与其他女性有过这些短暂的接触，但皮奥·巴罗哈最终还是跟他的母亲生活在一起，直到他母亲去世。巴罗哈崇拜他的母亲，但与母亲共同生活却似乎并非出于强烈的物质或感情依恋。巴罗哈和母亲共同居住在门迪萨瓦尔街的房子里，正如我说过的那样，那处居所相当宽敞，他们两人各自独立生活，由两名女仆侍候照料。

巴罗哈终其一生都未能改变的单身状态在今天看来实在是有些不可思议，但在他那个年代却并不会显得那么奇怪。巴罗哈一家在门迪萨瓦尔街那所如蚁巢般的居所里充分体现了一种传统的家庭体系，而这种体系的存续让一个单身汉得以享有共居生活所提供的照料和舒适，而同时不必为此牺牲个人自由，也用不着在一个比当今社会更容易被各种不确定因素所左右的社会中承担责任和义务。在这些如同部族般的大家庭里，某些人的痛苦与欢乐会让所有家族成员都感同身受。这一点也会在相当程度上使一个人的情感生活得到满足。就巴罗哈而言，根据他的外甥胡里奥·卡洛·巴罗哈所说，皮奥·巴罗哈一直把胡里奥当作自己的儿子，而胡里奥对他的感情也如同对待父亲一般。

不管怎样，巴罗哈从未与家人之外的任何人共同生活过，这一点让他不必去磨平个性的棱角,也不用去强行收敛他那与生俱来的自私。因此,皮奥·巴罗哈在情感领域的表现便也如他在其他领域的表现那样,一辈子都非常天真幼稚。

巴罗哈可能完全没有与女性发生肌肤之亲的经验。若瑟普·普拉曾写道:"如果巴罗哈本身不是一位纯良正派的作者,那就没法解释他那些卷帙浩繁的作品是怎么写出来的了。"[1]如果巴罗哈在男女关系上不这么纯洁的话,他确实有可能写不出那么多的作品,但也有可能如我刚提到的那篇文章中,普拉语带指责地评论巴罗哈时所说的那样,巴罗哈也许早已摆脱那种天真幼稚了。反正有人认为巴罗哈并不是那么单纯无辜,但据我所知,也没人觉得他是个好色的登徒子。不管怎样,女性形象一直在他的作品中不断出现,而我们应该去关注的,是他的那些作品,而非他的床笫秘事。

当然,巴罗哈在这方面的表现仍然有矛盾的一面,尽管在这里他的那种矛盾心理还是更容易让人理解的。评判女性也就是在评判整个人类,只有百分百经历过的人才可能对此有着清晰而坚定的想法。

另一方面,我觉得将巴罗哈本人的观点和他作为创作者的态度来加以区分也是很恰当的。巴罗哈并没有脱离他所处的时代和环境,也就是说,当时那些关于女人轻佻、善变、贪婪、淫荡、毫无理性,导致那些毫无戒心的男人堕落的种种陈词滥调,同样

---

[1] 若瑟普·普拉:《不完美的过往》(*El passat inperfecte*),见《巴罗哈全集》第三十三卷《皮奥·巴罗哈:一些回忆》(*Pío Baroja: alguns records*),巴塞罗那,命运出版社。

也影响了巴罗哈。而这些刻板印象可不仅仅只属于马德里的艺术家聚会或维图斯塔[1]的赌场，而是遍布了整个西方世界。不过在西班牙情况可能更为恶劣。从我们如今能看到的书面或其他形式的表达来判断，除了屈指可数的一些例外情况，那个年代的西班牙人都是用一种混杂着殷勤、轻视和迁就的态度来对待女性，并为此自鸣得意。一个被压抑的民族在面对自己的无能时普遍会做出的反应便是玩世不恭。

而巴罗哈出于自己的处世原则，很难去认同这样的态度。他跟与他同时代的作家希尔维里奥·兰萨进行过如下这段对话（至少在回忆录中巴罗哈是这样说的）：

"巴罗哈老兄呀，"他对我说，"在您的小说里，您对那些女士是既殷勤又敬重的。不管是对女人还是对法律，都必得先破其功，再得其利。……"

"您看呀，堂胡安（他名叫胡安·鲍蒂斯塔·阿莫罗斯），那些都是文学，陈腐的文学。不管是您还是我，都没法随心所欲地让法律和女人破功。这事儿都是留给恺撒家族、拿破仑家族和波吉亚家族中的那些人物去干的。您是位资产阶级良民，跟您的妻子一起住在自己位于赫塔费[2]的小房子里，而我是另一个为了生活想方设法竭尽所

---

[1] 维图斯塔（Vetusta），西班牙19世纪著名作家克拉林（Clarín）的作品《庭长夫人》中虚构的西班牙城市。
[2] 赫塔费（Getafe），西班牙马德里自治区的一个市镇。

能的可怜人。您跟我一样，要是不得已犯了点儿事儿，哪怕根本算不上是违法，只不过是违反了镇政府的规章制度，都会让我们心惊胆战；至于女人们，要是她们愿意给予，我们倒是可以从她们那儿得到些什么，不过恐怕她们根本不会给我们什么了不起的东西，不会给您，也不会给我……"

这段对话有可能是杜撰的，但即便如此，也可以明显看出，巴罗哈认同此种观点并且对自己的这种立场感到自豪。

就算巴罗哈有时会习惯性地采取那种盛气凌人的倨傲态度，但他毕竟来自巴斯克那种以母系作为主导的文化传统，一直都生活在那个先是由他母亲、后来由他妹妹卡门构建和管理的世界里。

从之前回顾过的那些感情故事可以看出，女人们在巴罗哈心中激发的并不是轻视，而是极度的恐惧。这并不意味着他不会去说女人的坏话。纵观他的作品，那些以一概全、具有贬谪意味和责难色彩的语言比比皆是。毫无疑问，巴罗哈是一个厌女症患者，但他同样也是个厌世者。他所做出的负面评价对于任何事物都是一视同仁的。

巴罗哈的小说就像一幅色彩纷呈的马赛克拼图，里面充斥着女性人物，但却没有一个在其中扮演主角的角色，只有一个引人注意的例外，那就是玛丽亚·阿拉希尔，她是"种族"三部曲的中心人物，三部曲中的那部《迷雾之城》（*La ciudad de la niebla*）有一部分是以女性第一人称写成，不管是在巴罗哈的作品中，还是在当时的西班牙文学中，这都是一个非常罕见的特例。

巴罗哈本人对此也是心知肚明的。

> 我从来没有试图采用布尔热[1]、胡塞耶[2]、普列沃思[3]那种从女性内心来审视的方式去塑造女性形象，这对我而言不啻一种欺瞒，我一直都是站在属于男性的远远的彼岸来观察，从外部来描画那些女性的形象。

事实确实如此。在他那卷帙浩繁的叙事作品中，女性只是主人公沿途遇见的人物，是身份地位、社会条件和人性特征各不相同的人；她们当中有的聪颖机智，有的蠢笨愚钝，有的心思纯良，有的邪恶刻毒，但所有人都乘着同一艘"疯人船"航行，对巴罗哈来说，这艘"疯人船"便是整个人类社会。与十九世纪的小说不同，巴罗哈小说的女主人公从来没有秘密，也没有过去。她们只是在背负自己的错误或生活的苦痛。巴罗哈的那些人物，不管是女性，还是作品中数量众多的男性，也不管他们每个人都持有何种观点和立场，作为作者的巴罗哈对他们都怀有一份真切的悲悯。他们的缺点和瑕疵令他恼怒，在咒骂他们的时候口无遮拦。但他从来不会去鄙视他们，更不会对他们冷嘲热讽，他从来都不会忘记他们都是跟他一样的人。他常说自己从来没有佩服过加尔

---

[1] 保罗·布尔热（Paul Bourget, 1852—1935），法国小说家、评论家。
[2] 阿尔塞内·胡塞耶（Arsène Houssaye, 1815—1896），法国小说家、诗人。
[3] 普列沃思（Antoine François Prévost, 1697—1763），法国作家、小说家。

多斯，但他跟加尔多斯一样对自己创造出的人物都怀着同情之心，这一点跟与他同时代的几乎所有西班牙作家都大不相同。

第三部分

"九八年一代"的成员

1898年,西班牙与那些为争取古巴自由而发动起义的暴动者之间的战争已经持续了好几年,不管是从字面意思还是从隐喻层面上看,西班牙都如同陷入了泥沼一般难以脱身。而就在那一年,被派往古巴保护岛上美国殖民地人员安全和经济利益的美国海军"缅因号"战列舰却突然爆炸了,爆炸原因至今都还是一个谜。但不管这一事件的起因是什么,美国政府却直指事件是由一枚西班牙水雷引起的,并将此事件认定为侵略行为,利用这个借口向西班牙宣战。这场战争持续的时间很短:在菲律宾的一场海战中,美国舰队以零伤亡的代价全歼了西班牙的太平洋舰队;而在圣地亚哥湾进行的另一场海战中,由于装备技术上处于劣势,战术上又犯了在西班牙历史上通常被夸大为"英雄主义"的鲁莽错误,西班牙的大西洋舰队同样落得了全军覆没的结局。对美国而言,此次事件是它作为一线强国在世界舞台上的首次亮相。而对西班牙来说,则是与世界舞台的告别。一个维持了四个世纪的庞大帝国在尘嚣和苦难中轰然崩塌,光彩不再。

实际上,幅员辽阔的西班牙帝国的分崩离析早已不可避免,最后几处海外殖民地的丧失仅仅是这一充满血腥的过程发展的顶点和终点，而对于西班牙而言，这一结果带来的与其说是忧伤，不如说是解脱。但在那个年代，爱国主义在西班牙人的情感体系中的重要性要远远超过今天，被称为"九八之难"的这场灾祸影响了整个国家，进而成为西班牙往昔辉煌彻底衰败的象征。

如今的西班牙民众已经安于做二流国家的国民，且并不会把殖民主义当成什么宏图伟业，所以也就难以认同先辈的那种挫败感。可是，当时的西班牙民众确实都感受到了屈辱和对经济崩溃的恐惧，体会到那种无能为力和动荡混乱。除此之外，还有另一个影响民众情绪的因素。在西班牙看来，远隔重洋的古巴早已不再是严格意义上的殖民地，而是西班牙民族身份认同不可分割的一部分。处于社会各个阶层的许多家庭都与古巴有着亲缘关系，在当代西班牙几乎所有的传记或回忆录中都会出现这样的情况：要么有一个古巴的祖母，要么有一个去过古巴又回到西班牙的祖父，其经历往往充满了异国情调，但也不无伪造的可能。这些在美洲发家致富的人，带着他们的财富和思乡之情回到西班牙，在很多沿海城镇和一些内陆地区的城市规划、建筑发展和民族的情感表达方式等方面都发挥了异常重要的作用。从这个意义上来说，失去古巴不啻一次可怕的截肢，它让整个国家损失惨重，痛苦万分，愤懑满腔，并激发其异常尖锐的批判意识。

* * *

阿索林于1913年提出了"九八年一代"的说法，但如今很少有作家会接受所谓"九八年一代"群体的存在。后来佛朗哥独裁时期的官方文化曾对这一概念加以操控，为己所用，这一事实致使"九八年一代"这个概念先是被修正，继而又被否定。然而，这个起码也算是个标签的概念，早已为人们普遍使用，因此无论如何都很难完全被摒弃，这不仅仅是出于习惯，还因为在确定甚至探讨某些态度的时候，这个概念在人们心中所带来的利处要远胜于弊处。

因此，在无意介入本文内容和意图范围之外的争论的前提下，我觉得还是可以采用"九八年一代"的说法的，起码从这个术语的时间意义上来看是可以使用的。"九八年一代"的成员都是创作历程始自十九世纪末的知识分子和艺术家，都受到当时一些重大事件的影响，这些事件决定了西班牙的历史走向，尤其对西班牙历史概念的形成也起到了决定性作用。这些人都是在1898年危机的阴影下成长起来的，而且终其一生的思想和作品都在很大程度上受到1898年危机的影响。但这倒也说明不了什么，首先，因为不管是谁都应归属于他所处的时代，其次，"九八年一代"的成员当时关于时局的态度多种多样，有时甚至是针锋相对的。从这个意义上看，其实严格来说他们不能被称为"一代"，更不能被看成是一个群体。不过，他们所有人确实都共同关心着国家的动荡剧变，都或多或少地为此发声，而且每个人的个性和作品都以一种并不那么明确的方式影响了其他人的个性和作品。

很难搞清楚巴罗哈是否自认为是"九八年一代"的成员，或者他是否承认"九八年一代"的存在,在他的回忆录中,他曾以他一贯的"善意"对这群人给出了定义,"一群粗野、懒惰、叛逆、暴躁的波希米亚人"[1]。

但是,巴罗哈和其他像他一样的人物之所以能在国家公共事务中发挥关键作用,可不仅仅是因为经历了1898年这个决定性的历史时刻。在十九世纪末和二十世纪初,整个西方世界都在因为五花八门的因素发生着变化,其中最重要的影响因素就是社会的动荡。

1882年,具有社会主义思想倾向的劳动者总联盟(UGT)在西班牙成立,不久之后的1890年,比斯开省的矿区发生了第一次声势浩大的罢工。但那些年对社会产生巨大影响的无疑是无政府主义。无政府主义赞同彻底消灭国家、教会、私有财产和金钱,也主张直接采取恐怖主义的行动手段。

1893年,一个名叫圣地亚哥·萨尔瓦多的无政府主义者在巴塞罗那的利塞奥歌剧院里投掷了一颗炸弹,造成了大量伤亡。在接下来的十年间,针对公共生活领域著名人物的袭击在欧洲屡屡发生。法国总统卡诺于1894年被暗杀;西班牙政府首脑卡诺瓦斯·德尔·卡斯蒂略于1897年被暗杀;奥地利的伊丽莎白皇后,杰出的茜茜公主,于1898年被暗杀;意大利的翁贝托国王于1900年被暗杀;美国的麦金莱总统于1901年被暗杀;卡纳莱

---

[1] 雷蒙德·卡尔(Raymond Carr):《1808—1939年间的西班牙》(*España* 1808—1939),巴塞罗那,阿瑞埃尔出版社(Editorial Ariel),1968年,第510页。

哈斯[1]于1912年被暗杀。阿方索十三世要走运一些,他于1906年从马特奥·莫拉尔对他发动的炸弹袭击中逃生,安然无恙。巴罗哈可能曾结识过马特奥·莫拉尔,但也有可能并不相识,但这个人的形象却多次出现在他的一些小说作品里。

罢工、袭击、不同帮派之间或是同一帮派内部不同派系之间的街头斗殴,还有已上位的权力派别彼此间的残酷倾轧,这一切对于"九八年一代"的那些人来说,可并不是什么理想的背景,能让他们公正分析西班牙局势,并勾画出引导国家走向复兴的审慎措施。不久之后爆发的第一次世界大战,以及后来欧洲民主体系的危机,都使原本就已令人忧惧不安的情况雪上加霜。很明显,各地都在经历着一场危机,但没有任何迹象表明可以找到摆脱危机的方式。整个世界似乎都被判定要经历这场浩劫。巴罗哈也未能成为免遭动荡烦扰的例外,而且由于他那独特的个性,他所遭受的动荡反而更为剧烈。

我之前已经说过,对于巴罗哈所处的时代、环境,特别是当时愚昧的西班牙来说,他所拥有的才智、学识和素养都是异常出色的。尽管如此,要对当时的时局形成清醒的看法并提供准确的解读,巴罗哈还未能具备足够且恰当的学养。这一点对于只创作传统小说的人来说算不上什么大不了的事情,但当时知识分子的生活并没有明确的边界划分,一个作家需要涉足很多领域,这既

---

[1] 卡纳莱哈斯(José Canalejas Méndez,1854—1912),西班牙律师,自由党政治人物。曾任发展大臣、财政大臣、公共工程大臣、众议院议长等职。1910年—1912年担任首相,任期内遭到无政府主义者刺杀身亡。

是社会环境的要求，也可能是作家对自己提出的要求。出于这个原因，巴罗哈曾发表了数不清的关于政治理论的文章，有的发表在报纸上，有的被写成杂文，有的则写进小说里。那么在他的自传中，他本人或者他的作品中的人物进行哲学思考、辩论和宣讲的段落自然也就比比皆是了。

由于数量众多，巴罗哈的这一类言论跟他其他方面的观点相比，便也就显得更为模糊、混乱而且自相矛盾了。

*　　　　　　*　　　　　　*

巴罗哈是个深受哲学影响的人。在他的作品中，他经常会提到康德、叔本华、尼采等哲学家。很明显，他对这些作家有着直接或间接的了解，对其中的叔本华的作品还曾认真阅读过，但是他不太可能熟悉他们所有人的作品，也不太可能是哲学领域的专家。就连他对那些哲学家的了解都不太可能是通过直接阅读他们的作品来获取的。

这种一门心思要去谈论人们不甚了解、理解粗浅甚或完全不懂的事物的态度可能会显得非常浅薄。如今哲学已经从日常生活中脱离出来，躲到了学术圈子里，那些不具备坚实学养的人，那些不从事哲学领域专业工作的人士，都被排除在这些圈子之外。但在巴罗哈那个年代，情况却不是这样。那时候哲学是人们精神生活的一部分，尽管酒馆闲聊和咖啡馆聚谈会没有让那些哲学阐述变得更为严谨，但却让哲学实实在在地影响到人们的思想和行为的方式。

另一方面,巴罗哈凭直觉感到,现代小说不仅要摆脱那些人们早已习以为常的文学修辞,还应加入全新的元素,只讲述由人物的感官或情感经历构成的故事已经远远不够,思想本身以及思想间的冲突才应该是小说被构建起来的基础。

换句话说,巴罗哈跟他所推崇的那些俄国作家一样,认为小说的中心已经不再是爱的激情、个人的野心或社会生活中的过失,而应是现代人在现实与伦理的十字路口,在真实世界与他已形成的世界观之间所感受到的冲突。如果这个人物不想就这么湮灭于一无所有、籍籍无名的境地,那他就要恪守他的世界观,不管这世界观是多么的谬误百出。靠着自己那份毫不掩饰的坦率,巴罗哈已经凭直觉了解到,由尼采宣告的,并在陀思妥耶夫斯基的作品人物身上表现得淋漓尽致的"上帝之死"会给小说带来怎样的影响。

鉴于以上所述,如果我们不将这些影响考虑在内,不了解巴罗哈从哪里一点一点地汲取了那些营养,那么我们也就无法完全理解他。

在上面提到的那些哲学家中,巴罗哈一直对叔本华表现出一种特别的认同。

我从来没有正儿八经地接受过哲学方面的教育。我就是一个爱好者。我没有有序而系统地阅读过哲学书籍。那些我在初次接触时没弄明白的东西,我就直接把它跳过去。我真正好好读过并且对我产生深刻影响的书是叔本华的《作为意志和表象的世界》(*El mundo como voluntad y representación*)和克洛德·贝尔纳的《实验医学研究入门》(*Introducción al estudio de la medicina experimental*)。

很难搞明白到底是阅读叔本华的作品促使巴罗哈去接受陪伴了他一生的悲观主义，还是他自身的悲观主义让他在别人的作品中找到了他的"人之存在即谬误"想法的精准表达。

后来，巴罗哈的一位名叫保罗·施密茨的瑞士朋友给他读了尼采书信集的片段，使巴罗哈又开始接受尼采的影响。在巴罗哈那个时期创作的几部小说里，从小说人物或作者本人的口中，经常会吐露出那位哲学家的思想。从对尼采的肤浅的了解中，巴罗哈获知了那些众所周知的关于真理与道德、本能与意志、强者战胜弱者的观念。尽管巴罗哈无疑跟他同时代的许多欧洲知识分子一样，沉迷于尼采的那些理论，而且这种沉迷在他思想层面上的表现更甚于在作品内容中的体现，但在读巴罗哈的作品时，人们还是会感觉到他对尼采这些观念的理解在很多情况下仍然只限于对其内容的空洞陈述。

* * *

这些想法，加上巴罗哈与生俱来的那种愤世嫉俗，导致了他对民众意志的毫不在意，因而也导致他因议会制度中存在的大大小小的腐败以及显而易见的低效和任人唯亲而明确表示反对议会制度。而巴罗哈当时推崇备至的易卜生、托尔斯泰这样的欧洲知识分子，在几年前也曾表达过类似的针对议会制度的敌意。跟这些知识分子一样，巴罗哈在他的作品中倾注了自己对他人的全部理解力和悲悯心，而在现实生活中却对人类的观点和态度表现出仇视和蔑视。

正是这种对民主制度的负面看法促使不少欧洲知识分子到墨索里尼那已初现端倪的法西斯极权统治中去寻找出路，还有很多人则倒向在俄国已经坚不可摧的无产阶级专政。

巴罗哈也没能成为这种规律的例外，尽管他的立场一直都很模棱两可。正如我在前面所说的那样，他并不喜欢议会制度，但同样也厌恶激进社会主义。至于法西斯主义，不管巴罗哈如何在作品中语焉不详地表示过对该制度的好感，但最终他也没有加入到支持者的行列中。我们不要忘记，在巴罗哈四十年代的回忆录里曾有过这样的思考：

> 墨索里尼多年前曾出版过一本关于法西斯主义的书，在书里他讲的都是些陈芝麻烂谷子，一个劲儿地宣扬国家与战争。
>
> 他宣称自己要实现国家以及国家内部个人的自由。这一切纯粹都是空话。如果国家拥有了绝对的自由，这种自由只有通过与个人的关系才能实施，而且通常都是与个人自由相悖的。一个人会非常乐意接受一个能保护他的国家，但一个

限制束缚他的国家……他怎么会愿意接受呢？通常情况下，国家行为都是与个人行为相背离的。

正如我们所看到的，这样的政治观点可算不上深思熟虑，甚至有些过于天真了。面对巴罗哈得出的这些结论，人们会觉得，这样轻易得出的结论根本用不着康德、黑格尔、叔本华和尼采的理论。但我们丝毫不会怀疑巴罗哈的真诚。不管怎样，要是巴罗哈只致力于写小说，而不是一辈子都殚精竭虑、不厌其烦地去阐释他思想的基础，那么他的这些关于哲学的妄言也只能沦为他作品的次要部分，恐怕只有学者才会去关注了。但是他那一以贯之的喋喋不休的阐述，以及他那一代人经历的悲剧性的历史形势，都使这种思想的融合变得更为突出，有时甚至超越了巴罗哈作品本身的意义。

勒儒派候选人

除了在书面和口头上宣扬自己的政治理论，皮奥·巴罗哈在1909年37岁时，曾有过一次短暂的涉足政坛的经历，彼时他曾作为阿莱杭德罗·勒儒[1]领导的自由党的候选人参加了弗拉加地区的选举。

很难弄明白推动巴罗哈参加选举的原因，特别是他做出的要在勒儒的荫蔽下去参选的决定更是令人难以理解，因为勒儒的人品一直被人诟病，巴罗哈后来自己在回忆录中也曾说："作为思想家，勒儒一直都相当平庸。"

阿莱杭德罗·勒儒在二十世纪初从新闻界进入政坛，并领导了共和国时期的几届政府，犯下了与众不同且为数众多的错误。他是出了名的腐败政客，是个通过制造各种社会冲突来浑水摸鱼、四处挑拨的狂热煽动者。关于勒儒还有人提出了有凭有据的说法，说勒儒其实就是煽动骚乱的幕后主使，其目的就是要在无产阶级中间撒播分裂的种子，诋毁有组织的工人运动，恐吓加泰罗尼亚

---

[1] 阿莱杭德罗·勒儒（Alejandro Lerroux，1864—1949），西班牙政治家，1933年至1935年任西班牙第二共和国总理。

民族主义者，也恐吓那些保守派和天主教徒。虽然没必要夸大勒儒在一些群众运动中的影响力，因为那些运动的发生自有它们真实的原因，但巴塞罗那之所以爆发了被称为"悲惨一周"的骚乱，勒儒的那些鼓动性的演说确实也发挥了一定作用。

皮奥·巴罗哈当时已经开始为勒儒创办的报纸《激进派》写稿（"那是一份……无聊到会被人从手里丢开的报纸"），在上面连载小说《凯撒或一无所有》。被勒儒那些貌似与其无政府主义倾向相契合的口号所吸引，巴罗哈应勒儒的要求同意参加竞选，而勒儒很可能是利用了巴罗哈在思想立场上的犹疑，将广大民众所熟悉的知名作家的名字添加到自己的阵营中来。不管怎样，巴罗哈的选举活动结果大概是惨不忍睹的，因为他并没有去捍卫自己的立场，而是对他人的主张大加攻讦，因此选民们决定不为他投票，于是巴罗哈非常突然地放弃了政治，就像他当初进入政界时那般突兀。

在自传中，关于这次在面对动荡不定的现实政治世界时偶然发生的一次屈膝媚俗，巴罗哈几乎从来都不提，就算提上一句，也都是采取一种轻蔑的调子：

> 我一向都不太参与政治，政治于我而言就像是任人唯亲的肮脏游戏。虽然有时候我对政治也稍作涉猎，但也完全是出于好奇，就像人们也都有可能走进一间酒馆或一家

赌场。[1]

事情有可能确实如此。作为小说家，巴罗哈一直都力图对他所要描写的那些物质和精神的环境进行第一手的了解，自然就会对那些动荡年代中的社会政治背景产生浓厚的兴趣。还有可能是他对于那次从政经历并没留下什么美好的回忆，对自己的表现也从未有过丝毫自豪之情。我们也不应该忘记，在巴罗哈写下上面那些引言的二十世纪四十年代，一个人去炫耀自己是革命党的成员，吹嘘自己跟勒儒这种主张烧修道院、强奸见习修女的政客是同道中人，那绝对不是什么明智的做法。

---

[1] 皮奥·巴罗哈：《昨日与今朝》（*Ayer y hoy*），卡洛·拉吉奥出版社（Editorial Caro Raggio），1998年，第112页。

真心实意的无政府主义者

从政治意识形态的角度来看,巴罗哈实际上对什么思想都吸取了一点点,但又没有明确支持什么派别。只有无政府主义,在某种不甚明确的意义上,并在他自己的方式理解下,不仅激发起了他的好感,而且真正渗透到了他的思想和作品中。

毫无疑问,巴罗哈确实了解巴枯宁、克鲁泡特金[1]的学说以及法内里[2]和拉瓦乔[3]的主张,他还结识了很多西班牙著名的无政府主义者以及无政府主义著作的狂热读者,但是他的无政府主义更像是一种存在主义的态度,这种态度并没有让他去为社会做出乌托邦式的设想,而是更接近于一种极端的个人主义。归根结底,巴罗哈从无政府主义中看到的是人类内心深处的一种被连根拔起的感觉,是价值体系的彻底缺失。在巴罗哈看来,人们"成为无政府主义者,并不是因为他们有自由主义思想或他们拒绝接受权力的原则,而是因为他们认为,在西班牙语国家的世界里,

---

[1] 克鲁泡特金(Pyotr Alexeyevich Kropotkin,1842—1921),俄国革命家和地理学家,无政府主义的重要代表人物之一,"无政府共产主义"的创始人。
[2] 法内里(Giuseppe Fanelli,1827—1877),意大利政治学家,改革派无政府主义者。
[3] 拉瓦乔(Ravachol,1859—1892),法国无政府主义者,因策划炸弹袭击被捕并最终被处以死刑。

每个人都在逃避权力的原则。个人行为既是对自由的展示，也是对绝对自由的检验"[1]。于是，在不同凡响的"为生存而奋斗"（*La lucha por la vida*）三部曲中，主人公转向无政府主义并不是出于信仰，而是他那种混迹于无产阶级和黑社会之间的四处漂泊的生活所带来的结果。这两个社会阶层在巴罗哈对于社会的认知中经常会被混为一谈，而这种混为一谈却并非一种谬误：那个时代的城市无产阶级在经济、社会等级和文化方面与资产阶级之间隔着深深的鸿沟，不仅如此，他们的工作条件极度困窘，因而不得不经常通过一些不太光彩的手段来维持生计。对于那些不得不生活在马德里底层民众聚集的阴暗肮脏的街区的男男女女来说，守法还是违法更多是取决于偶然的因素，而非取决于他们的意志。

然而，尽管巴罗哈对于"不公"的看法和他对那些遭受不公的人们的同情都是真挚的，但我们不能忘记，巴罗哈用他的这些看法和同情构建起来的文学世界只有凭借他通过虚构所做的描述才能投射到现实的世界中，因此，脱离充斥于巴罗哈小说中的那些虚构内容去重建他的隐秘生活是根本不现实的，而在他创作的作品与政治思想之间去寻找直接的联系也是不正确的。

皮奥·巴罗哈只想成为一名作家。这也是他在这世界上的存在方式，他所有超出这一范畴的行为要么是单纯想要尝试，要么是筹谋上的失误，要么是为形势所迫，要么是出于虚荣、贪婪、

---

[1] 作者此言论及引文源自下文。拉蒙·巴克利（Ramón Buckley）："关于无政府"（*En torno a la anarquía*），《双重转化》（*La doble transición*），马德里，二十一世纪出版社（Editorial Siglo XXI），第121页。

不满和想出人头地所引起的个人冲动，虽然这些都是人性的外露，但在道德层面上却有可能受到谴责，不过，这一切都不该影响到人们对他作为作家的评价。

当然，在一个暴力和极端狂热主义盛行的国家和年代，巴罗哈那种到哪儿都插上一脚，但对所有冲突又试图置身事外的做法是根本行不通的。而且他也没有看到，那些他几乎沉迷其中的对知识的探索，那些他自觉自愿、全心全意进行的探究，在当时对这个国家的社会生活其实都产生了深刻而且不可动摇的影响。

从这个意义上来讲，巴罗哈以及当时大多数知识分子所采取的那种偏激的批评态度对于西班牙来说无疑是有害的，因为彼时西班牙最迫切需要的早期民主恰恰应该是理智且冷静的。一方面，对于那些曾梦想过西班牙复兴的"九八年一代"的理想主义者来说，国内那些可怕的冲突令他们沮丧和焦虑，他们曾为国民自由的体制奋斗了那么多年，在这一体制上面倾注了那么多的希望，但这个体制却因充斥其中的腐败和任人唯亲而让他们心生厌恶，因此他们的态度多少还是可以为人所理解的。

但从另一方面来看，鉴于最后造成的种种结果，他们这种急躁的、精英主义的、最终不承担责任的态度却让人们不由不对其进行谴责。

像大多数作家和艺术家一样，巴罗哈是一个讲求秩序的人。除了对于不公正所表现出的反抗态度之外，他其实一直都渴望得到身体和精神上的安宁，让他能好好地研究和写作。当危机发生时，他不知道该怎样以必要的果决来应对危机。日常充满暴力的场景，右派和左派之间日益激烈的冲突，人们之间毫不妥协的僵局，都让巴罗哈感到惶惑和忧惧，而达尔文和尼采那些含混难解的理论又让他格外着迷，他就像"九八年一代"中的许多人一样，在一个等级森严的社会里成长起来，被强者的神话深深吸引，根据他们的想象，强者会知道如何超越宗派主义，给社会带来必要的和谐与统一。等他们看到这些所谓的"国之拯救者"都是些什么材料时，已经来不及去做出修正了。

由于他自己没有做英雄的素质，于是他先是逃避，继而又退缩和伪装，尽管这种态度只会让他最终在道德上近乎卑微的境地中苟活于世。

面对他曾经拥有的世界在崩塌后的废墟，衰老病弱、贫困窘迫的巴罗哈虽然并没有试图去讨好那些内战的胜利者，但至少也没有去故意跟他们过不去，他只是想方设法在不放弃自己原则的前提下生存下去。佛朗哥阵营对他心存怀疑，但还是有人认为，巴罗哈虽然是个并不积极且不太可靠的合作者，但他作为作家和自由思想者享有一定的名气，这在欧洲公众舆论面前是可以大加利用的，这样的想法最终成为主流的观点。作为这种合作的交换，佛朗哥政权保证了巴罗哈及其家人的人身安全以及并不宽裕的生活条件，但在饥馑和战乱的年代，这一点却不可小觑。

在被迫撰文来证明军事叛乱[1]和新政权所倡导的政治形式的正确性时，巴罗哈会非常圆滑地写下那些模棱两可、可以让人反

---

[1] 指的是佛朗哥作为驻守北非的将军发动军事政变举兵入岛，造成西班牙内战的爆发。

复阅读揣摩的句子。但时代大环境可不会让他这样向读者暗示心意、语带双关，他被要求做出更为明确的承诺，可他不愿意或者根本不知道如何做到这一点。

于是他放弃了一切，先是回到维拉，然后在战争结束后回到了马德里，在那里度过了自己的余生，除了那些定期举办的向他致以敬意的活动，他不参与任何公共活动。西班牙知识界那些最优秀的分子要么已经离世，要么流亡在外，人们只能借助于回归那早已日薄西山的旧日荣光，以此来告诉自己并非一切均已被战祸焚巢捣穴、荡然无存。

巴罗哈就这样在战后那些饥饿而黑暗的岁月里幸存了下来，他拒绝做出任何与意识形态有关的暗示，只为捍卫那个完全属于他个人的道德理想，他在一种只有随着他的衰老才能被证明正确与否的摇摆不定的道德观中犹疑难决，而这道德观成了过去的一道影子，越来越不真实，恰如一座残破不堪的桥，通向那些虽然艰难但却被赋予更多希望的旧时光，只是如今那旧时光也已化成了一堆瓦砾。

曾经，巴罗哈是聚谈会上的无畏勇者，是范本和楷模，可现在，他只是个反复无常的小老头儿，对他感兴趣的早已不是那些热门话题的讨论者，而只有那些好事猎奇的人了。巴罗哈虽然喜欢葡萄酒，时不时也会抽上一根烟，喝上一杯威士忌，还挺贪吃嘴馋，但他并没有什么不良嗜好。他每天上午写作，下午散步，读书要读到凌晨。他还喜欢猫。他的书也一直都在以平均每年两本的速度不断问世。

[Unreadable – text fragments arranged in overlapping curved ribbons]

第四部分

作家巴罗哈

巴罗哈那种模糊不清的个性总是刚刚显露出一点真容就立刻消散在矛盾和悖论的迷雾中，而凭借前面所述的内容，要想脱离这种模糊不清的特质来讨论巴罗哈的性格实属不易。顺理成章地，他作品中的人物在政治领域和个人生活中，便也表现出了矛盾与悖论。然而，与巴罗哈本人表达的观点和其公共、私人生活所引起的反应不同，在他的作品人物身上，作家的天赋将人物所有的缺陷都变成了美德。与他那个时代的大多数作家一样，皮奥·巴罗哈最开始也是新闻从业者，但他真正成名还是得益于他的小说创作，特别是他始自1900年的一系列短篇小说的发表，后来他将这些作品结集出版，使用了《忧郁的生灵》来作为标题，显得格外意味深长。就在那一年，巴罗哈还从四月开始以连载形式发表《西尔维斯特雷·帕拉多克斯的冒险、创造和玄秘》，并于次年成书出版。1902年，他出版了"难以置信的生活"（*La vida fantástica*）三部曲的第一部《完美之路》（*Camino de perfección*）。这部小说引起了大众们广泛的关注，在回忆录中，巴罗哈曾用下面这段简短的评论提到了这一点："有一些人喜欢这本书，而另一些人，则认为它一文不值。"1904年，"为生存而奋斗"三部曲的出版终于让他确立了自己的地位。

巴罗哈的文学生涯持续时间超过五十年，其间他涉足了所有的文学门类：新闻、短篇小说、杂文、编年史、戏剧、回忆录，当然，还有超过六十部的小说。然而，在这漫长的创作生涯中，他的写作风格几乎没有变化。胡安·贝内特就曾批评过他的固步自封，在他的一生中，曾有那么多令人眼花缭乱的变化从社会这个叙事背景中掠过，而他却顽固地视而不见。

> 但在他从青年走向成熟期的过程中，他曾经历了现代主义、象征主义、达达主义、超现实主义，但他的写作根本没有为此产生哪怕一点点震动；他曾见识了普鲁斯特、纪德、乔伊斯、托马斯·曼、卡夫卡，更别提布勒东、塞利纳、福斯特，还有所有那些一战和二战之间涌现出来的美国作家、"迷惘一代"、革命文学，但他并没有抬起头来关注他们的动向，而只是在窗边写着东西，保持着和巴斯克斯·迪亚兹为他绘制的肖像画中一模一样的姿态。[1]

这种批评没有错，但也只是部分正确。正如贝内特本人所说明的那样，一名作家只能从他自身成长进化而来，要全盘接受从另一位作家那里学来的东西几乎是不可能的，尤其当这种接受意

---

[1] 胡安·贝内特：《1950年前后的马德里之秋》（*Otoño en Madrid hacia 1950*），马德里，联盟出版社（Alianza Editorial），1987年，第39页。

味着要跟他自己的风格决裂的时候就更不可能了。巴罗哈自己也凭直觉对此有所领悟，他曾说，"大多数我曾关注过的作家都给了我这样的印象，那就是从他们的第一部作品开始，他们就没有改变过……我觉得在文学中根本就学不到什么，就算学到点儿东西也没什么价值"。

*　　　　　*　　　　　*

皮奥·巴罗哈在自己的回忆录中曾提到，他在马德里的医学院上学时就感受到了作家使命的召唤，而且这世上没有任何理由能动摇他对这一使命的笃信不疑。在回忆录的其他段落和大量的自传性质的文字中，他还不无动情地提到了他童年时读过的梅恩·里德[1]、儒勒·凡尔纳、瑞德·哈格德[2]、史蒂文森和爱伦·坡的那些引人入胜的故事，那些书让他在潘普洛纳度过的那些漫长而令人厌倦的日子也变得可以忍受了。要是认定巴罗哈对文学的爱好及认同是在他的童年时期就萌生并得到巩固，这看起来也没什么不对。毫无疑问，巴罗哈一直都是一位深受动作历险小说影响的作家，他更关注故事情节本身，而非情节中的人物或情节的深层原因。正如阿尔贝利奇在评论《一个活动家的回忆录》（*Memorias de un hombre de acción*）时所提到的那样，在巴罗哈的许多小说中，"发生了太多的事情，而且发生得又都是那么

---

[1] 梅恩·里德（Thomas Mayne Reid, 1818—1883），爱尔兰作家。
[2] 瑞德·哈格德（Henry Rider Haggard, 1856—1925），英国作家。

迅疾。作者无疑不屑于为所有的事件赋予意义,读者才是要去做出推断的人,前提是他确实能够从在他眼前倏然而过的场景中推断出点儿什么"[1]。

然而,这种对童年时期的阅读经历的回顾不应该让我们受到误导。儒勒·凡尔纳或瑞德·哈格德的小说都是以散文体写就,跟同时代供成年人阅读的其他小说一样修辞精致,文风浮夸。皮奥·巴罗哈的小说却并不是这样,他颠覆了那种对修辞的刻意追求,创造出一种生气勃勃、近乎电影画面般的语言,而做到这一点,他并没有通过模仿,而是完全采取了自己的方式。

巴罗哈确实曾经写过动作历险小说,但与其说他写过动作小说,不如说他就是以一个行动派的态度来处理他所有的小说。

* * *

巴罗哈一生都是一位了不起的读者,在他的那些自传中,对其他作家的评论也比比皆是。严格来讲,那些评论并不十分深刻,如果说它们有所展现,那对巴罗哈本人的展现反而要远远超过对那些被评论作家的展现。

狄更斯、陀思妥耶夫斯基、托尔斯泰、巴尔扎克和司汤达在巴罗哈的心中都享有至高无上的地位。这些人选确实都很不错,但恰如胡安·贝内特带着不满所指出的那样,有一些不可或缺的

---

[1] 何塞·阿尔贝利奇(José Alberich):《皮奥·巴罗哈作品中的英国主题及其他主题》(*Los ingleses y otros temas de Pío Baroja*),马德里,阿尔法瓜拉出版社(Editorial Alfaguara),1966年。

名字并未出现在这份名单中，即使如此，我们在巴罗哈的这个名录中，却没有发现任何一个在今天被认为过时的作家。当然，他有自己不喜欢的作家：他觉得福楼拜"乏味而令人讨厌"，普鲁斯特更是"让人昏昏欲睡"。他经常提起塞万提斯，但是会让人觉得他心目中的塞万提斯和我们眼中的塞万提斯大相径庭，恰如"九八年一代"的成员们对于塞万提斯和《堂吉诃德》总是有着与众不同的看法。

与巴罗哈同时代的作家中，巴列-因克兰无疑是其中的佼佼者，巴罗哈认为他作为作家着实令人敬佩，可作为常人却毫无头脑，多嘴多舌。关于这一点，巴罗哈在自己的回忆录中讲述的一件轶事十分有趣，在这个故事中，两位作家的形象被描绘得惟妙惟肖。

一天凌晨，差不多两三点钟的样子，我们俩（巴罗哈和巴列-因克兰）在阿尔卡拉大街上闲逛。

有个地方当时叫比亚尔宫，后来开了"金色里昂"咖啡馆，我们路过那里时，看到一个人突然从门里出来，在距离我们几步远的地方倒在了地上。马上就又有一个人手持一把刀出现了，他穿过人行道，突然一动不动地呆立在车道上，手里还握着那把刀子。

街灯的弧形光圈将他完全笼罩，可以看到他脸色铁青，吓得瑟瑟发抖。这时，两名不知从哪儿冒出来的治安警察走向他，他们拔出了军刀，神色决绝地逼近了凶手。

那个持刀的怯懦凶手此时害怕得抖成一团，他把武器扔到了地上，束手就擒。

接下来治安警察逮捕了他，而他没有做丝毫抵抗。所有这一切的发生最多只有五分钟时间。

那个倒在人行道上的人已经死了，此外就没再发生什么别的事情了。

巴列-因克兰好像根据这件事情构思了一部小说，在那部小说里，他一如既往地扮演了英雄的角色。

巴罗哈作品的读者会欣喜地在文中第三段里那些前后不太连贯的语句和那将凶杀场景照得清清楚楚的街灯弧形光晕的细节中看出他的风格。但这段故事最令人感到奇怪的，也许是巴罗哈在面对巴列-因克兰所谓的文学想象力时所表现出的态度。读了上述内容，人们会得到这样一种印象，即巴罗哈不太赞同一名作家通过自己的想象在一个事件的基础上去创造出另一个事件，被创造出的事件倒不一定是虚假的，但确确实实经过了有意改造，用来迎合读者的想象，进而在此意义上给予读者以普世的价值观。

而对于自己的密友阿索林，巴罗哈这样评论道，"阿索林确实很不错，但作为小说家却还是不太够格儿。神秘感和戏剧性他都不喜欢，总是对其避之唯恐不及，似乎他的理想就是那些静止不前的状态，以及在生活中面对一线光明时的顿悟"。而阿索林对巴罗哈的小说却是这样认为的："所有的书里都没有开端，没有高潮，没有结局，没有和解，也没有措施。"两位关系密切的作家表达过的这些观点对于廓清巴罗哈风格的独特性是非常有帮助的。

其实，阿索林的评论不无道理，但却犯了学术主义的毛病。有一些小说确实像那些经典作品所规范的那样，具备开端、高潮和结局，但还有小说并不是这样。这并不是作品形式上的问题，而是内部逻辑的问题。在一部所谓的经典小说里，结尾往往是故事最核心的部分，它会对所发生的事情做出解释，为其赋予意义，甚至在某种程度上证明作品的合理性。属于这一类的作品有《罪与罚》《远大前程》或《红与黑》。而另外一些小说却正相反，它们凭借情节的安排被创作出来，但却没有结构，结局有些随心所欲，有时显得虚假做作。属于这种情况的也不乏优秀的作品，例如《战争与和平》《匹克威克外传》《帕尔马修道院》，但是《堂吉诃德》中有一点着实令我困惑：堂吉诃德在他游历中的某个时刻已觉察到自己疯了，而这不管对他的人物塑造还是对他的游侠历程来说都并没有增加新的内容，这件事只是让读者得到一个他应该早已自行得出的结论，而且出于很多理由他还有可能对这一结论持有异议。总之，这一类小说都是开放性的。

我们没有必要说出巴罗哈的那些故事属于这两类小说中的哪一种。当然，作者自己怎么想那是另外一回事儿：巴罗哈小说几乎所有的结尾都带有说教意味，而且一成不变地都是令人绝望的结局。但这不过是一种读者通常都会忽视的文学创作惯例，而作为自己作品的最差劲的评论者，巴罗哈刻意做出了这样的安排。

事实上，巴罗哈的许多小说不仅缺少结局，通常还缺少高潮，有时甚至没有开局。有些巴罗哈的小说一开始就已在故事进行的过程中间，因此不太了解情况的读者会觉得自己一不小心去读了一个三部曲的第二部或者第三部。还有些时候，读者一开始读的就是三部曲的第二部或者第三部，而他自己居然对此毫无觉察。有的小说里会有连续好几个开局：发现了一部手稿，讲述的是一个旅者的游历历程，而这名旅者又遇到某个人，这个人又给他讲述自己的或者第三者的生活经历。在这一连串的情节中可以加入日记或书信的片段，在任何时候某个人物都可以发表一段演讲或进行一番会谈，多少都会打断故事开始时的进程。主人公在故事发展过程中遇到被发现的那部手稿的作者或者书信的收件人也算得上是家常便饭。就这样，故事中的行为方向逐渐发生改变，就像一列火车听命于一位荒唐淘气的扳道工，驶上了一条没有起点也没有终点的轨道。

但是如果巴罗哈指责阿索林缺少戏剧性，不赞同巴列－因克兰的虚构创造，那么这样一位宣称对写作满怀热情但又对一般性的文学不屑一顾的作家对他自己的所作所为又作何想呢？

伊特塞阿的恶人

所有作家都会被定义为边缘化的个体，但人们会有一种印象，那就是巴罗哈总是觉得自己要比人们通常认为的更为边缘化。

正如我们已经看到的，从社会角度来看，巴罗哈是一个格格不入的人。他对自己也是这样评价的，如果我们接受社会游戏的规则，那么就会发现这种评价不无道理。巴罗哈是资产阶级的一分子，但他父亲那种多样化的个性和行为以及家庭命运的变幻莫测让巴罗哈一家与他们本该归属的社会阶层之间产生了一种疏离。巴罗哈自己就曾多次喟叹，在他的青年时代，每当他去向那些同属一个社会阶层的、本应对他施以援手的人求助时，总是遭遇吃闭门羹的结果。

也许正是出于这个原因，巴罗哈从一开始就到"巴斯克人"这种颇具漂泊者意味的身份符号里去寻找庇护。就算关于种族和血统的问题直到今天还在一些带有暴戾极端的意识形态里以及那些最陈腐的贵族阶层成员中间有很大的市场，但要不是巴罗哈在自己的《回忆录》中用了几乎两卷本的篇幅来对此大谈特谈，这种话题根本就不会引起人们的任何兴趣。

首先，我认为没必要对巴罗哈的这种自命不凡给予过度的关注。他的那些关于种族的观点，在今天看来已不再算是无稽之谈，而是透着恶意的邪恶之说。巴罗哈在提出这些想法的时候，它们都还只是模糊的理论，其结果在当时虽然有可能被预见，但却很难被想象出来。在很多时候，巴罗哈只不过是在遵循当时特有的模式，将种族因素作为单纯的描述性元素来利用。于是，在读者于本书文选部分能读到的那段关于俄罗斯女人的著名章节里，巴罗哈就将一种摇摆不定、反复无常的个性归因于斯拉夫种族的短头畸形症，还提到一种认为有短头特征的人属于低等族群的缺乏科学依据的理论。我们并不能仅仅因为巴罗哈这些偏见的普遍存在就对其熟视无睹，但由此人们要做的倒也并不是对巴罗哈这种态度进行道德批判，而是从他的态度中看到那些有助于进一步了解他个人的性格特征。

巴罗哈曾希望能在马德里立足，但在那里他却不得不同时承担知识分子和面包店店主的双重身份，他很有可能在那时特意强化了还算比较纯正的巴斯克人的身份特征：头戴贝雷帽，说话粗声大气，时不时冒出些巴斯克语的句子，以此来弥补他的相貌平平和天生腼腆，同时凸显自己的个性。后来，在回到巴斯克地区后，他却立起了完全相反的人设：一个周游各国的度假者，或是一个在大城市混得风生水起的家伙，回到自己的家乡，成为当地人关注的对象。其实这就是一个毫无必要的小闹剧，缘于巴罗哈内心的双重忧虑，他担心自己不能被任何圈子接受，也担心一旦成功进入某个圈子就得承诺遵守那个圈子的规矩，这种矛盾的心理在他处理与女性的关系时同样也会出现。

这种与出身阶层撇清关系的态度到底是真心还是假意，取决于人们怎么看，但它在巴罗哈的文学作品里确实也有表现。成为作家是他高于一切的祈望，但他一直都意识到自己在学养上的欠缺，在生活经历上的不足，以及在语言表达上的力不从心。巴罗哈对第一点的解决之道是将一些已成定论的观点变成人物的想法，通过作品人物表达出来。个人生活经历的不足，他则通过利用别人的故事来弥补。至于语言上的问题，他则采取更为复杂的方式来处理。

巴罗哈可能算不上是个名副其实的双语者，但毫无疑问的是，他对于卡斯蒂利亚语和巴斯克语的语言学概念都是掌握的。巴罗哈的父亲对于使用巴斯克语采取了一种非常严谨的态度。我曾提过，他曾将一些诗歌和说唱剧从卡斯蒂利亚语翻译成巴斯克语。巴罗哈的家人以及他周围的人们都讲卡斯蒂利亚语，这也是他的文化语言。然而，哪怕是以一种很边缘化的方式存在，他的表达风格里也一直都有巴斯克语的影子。也许正是出于这个原因，他对卡斯蒂利亚语的掌握从来没有达到炉火纯青的地步。也有可能是因为他对卡斯蒂利亚语有一种对于工作用具才会有的疏离冷淡的感觉，另一方面，也许这跟他自己那种不太合群的粗粝、强硬的个性也有很大关系。但可以肯定的是，巴罗哈要么是出于主观决定，要么是出于客观需要，强行攫取了他那个时代流行的文学语言，并且对它们进行了彻底的改造，以至于如今我们会觉得巴罗哈的风格完全是浑然天成的，而那些语言原本的创造者却都被不经意地抹去了。

当然，在巴罗哈那个时代，根本没什么人能从他的写作中看出某种风格。大多数人都认为巴罗哈根本没有任何风格，还有一小部分人觉得，巴罗哈写起东西来就像个野蛮人。

在一篇问世于1916年的文章中，奥尔特加-加塞特[1]曾批评巴罗哈"使用了并不适用于文学艺术的词汇"，在当时这似乎曾令巴罗哈十分焦虑甚至痛苦。奥尔特加对巴罗哈杂文中的那种厚颜无礼和轻率粗糙与其说是感到震惊，不如说是感到困惑，他批评巴罗哈"总是使用那些可以归到'下流、愚蠢、低能、令人厌恶'这一类的词语，一方面，这些词语几乎没有什么具体的含义，另一方面，它们的表达力却又如此强烈，如此生硬，如此过分，因而无法表现出明暗、语气、视角和色调的变化"。奥尔特加的说法并非全无道理。在语言运用方面，巴罗哈确实处于边缘位置，而且他对于奥尔特加所谓的"文学艺术"并未感到丝毫崇敬。但是巴罗哈之所以有这种粗放风格并不是因为他写作时速度快且不经思考，这两种情况通常会导致一个人系统地使用固定的修辞，巴罗哈的粗放完全是因为他选择使用他认为与自己的意图最为契合的词语，不管这些词语是不是奥尔特加判定为"巴罗哈专属类别"的表达。然而，这些词语因其自身的粗俗而免遭那些过度考究的修辞的消耗（奥尔特加自己对此都没能幸免），而恰恰是这些"不恰当的词语"在如今显示出了强大的表现力和显著的现代性。"胡

---

[1] 奥尔特加-加塞特（Ortega y Gasset，1883—1955），西班牙哲学家、作家，是二十世纪西班牙最重要的思想家之一，代表作有《艺术的去人性化》等。

里奥把他介绍给一位喜剧作家，那是一个蠢蛋、衰人。""村镇的一切都是那么干巴巴、灰扑扑，到处热浪腾腾，晒得有如焦炭一般。""可以确定的是，"奥尔特加在我们刚提到的那篇文章里曾说道，"巴罗哈并不是作为艺术家在写作，而像是在组建一个家庭，放置一颗炸弹，喝上一杯碳酸饮料，或是把自己禁锢在拉特拉普隐修院里。"很遗憾，巴罗哈出于虚荣心或者不安全感，并不懂如何体味出这种贬抑的批评中所包含着的褒扬的态度。可能连巴罗哈自己都没意识到，他正在奠定一种叙事方式的基础，从海明威到雷蒙德·卡佛，二十世纪的很多小说都将受到这种叙事方式的影响。

总是有人对巴罗哈这种粗放的写作风格一而再、再而三地进行指责，其实那些倒也不能算是错误或不确切的批评。诚然，巴罗哈确实会时不时地犯些挺严重的句法错误，那些错误几乎幼稚得令人难以置信，不仅已经到了干扰阅读的地步，还违反了巴罗哈自己再三强调的原则，即写作应该是透明的、纯粹的叙事工具，而不是被放置在读者和故事情节之间的什么东西。巴罗哈的叙事里还会出现诸如啰嗦重复、离题万里和漫无边际的问题，这些问题会让人觉得他已经丢失了叙事主线，或根本不知道该如何将叙事继续下去，而且他不会因此而停手，之后也不屑于去删掉或修改那些没什么必要的片段。我不清楚巴罗哈是否修改他写的东西，其实也不太清楚"修改"到底指的是什么。巴罗哈这种写作形式上的粗枝大叶是懒散和匆忙的结果？还是正相反，是某种真实但还未见章法的净化的结果？或者还有另一种可能，那就是两者共同作用导致的结果？弄清楚这件事情倒还真的是蛮有意思。

　　巴罗哈这种粗放的风格对表现那些即将发生和迫在眉睫的事情和行为是非常奏效的，但是在进行深入描写或思考时就显得力不从心了。就像阿尔贝利奇在前面提到的那段评论中对巴罗哈所做出的批评，巴罗哈笔下的人物在行动时都是真实可信的，但当他们停下来思考或者进行表达时，他们的言行就变得不那么自然顺畅，而是像在背诵学过的课文，因而也就失去了真实性。由于超前于时代，巴罗哈的这种风格其实更适于影像化而非文字化的表达。但是巴罗哈的文字永远是充满活力、精准而简洁的，具有可称为典范的生动的塑造力，就像在下面这段非常写实的描写中所表现的那样：

　　大雪覆盖下的马德里一片寂寥；东方广场如同剧院中的布景一般，呈现出一派不那么真实的景象；国王们的石像披上了漂亮的白色斗篷；广场中心的那座塑像在灰色天空的映衬下显得格外英武挺拔。从比亚杜克多桥上望去，可以看到白茫茫的原野。朝马德里的方向望去，则会看到黄色墙壁黑色屋顶的房子鳞次栉比，一座座塔楼在灯火映照下泛着红晕的乳白色天际勾勒出轮廓。

　　从那里可以看到雪后变成白色的田野、"田园之家"那些黑魆魆的树丛，以及圆形山丘上满布的松树的黑影。太阳在铅灰色的天空中显得苍白无力。比亚韦尔德区方向的地平线上，一片泛着粉红色的雾气中，一小块澄净湛蓝的天空显露出来，熠熠生辉。深深的寂静笼罩了一切；只有火车机车发出的刺耳的鸣笛和北站的那些作坊里发出的铁锤敲打声打破了那片寂静。脚步声也在地面上发出了回响。[1]

如果人们普遍都认为巴罗哈的文学风格不够精致细腻，那么他的作品结构，不管是小说的还是回忆录的，自然也都无法得到什么认可了。

在巴罗哈的回忆录中，叙述的无序和马虎简直到了令人恼火的程度。叙事的重复也许可以被谅解，但让故事被无可救药地打断，让本该记录下来的东西被忽略掉，这却是不可原谅的，因为与其说这些是出于谨慎，是为了保密，倒不如说是缘于草率和对作品的漠视。说到底，是缘于对读者的不尊重。回到我们之前提到的一个故事，就是他在罗马的旅馆中与一位那不勒斯的单身女性之间暗生情愫的那段经历，巴罗哈匆匆避走之后，关于这一决定给他情绪上造成的后果（羞愧难当、如释重负、忧虑不安或随便什么情绪）便再也没有向我们提起，我们倒并不热衷于去了解这些，但这类故事在读者们心中自然而然激发出的那种期待却会因为这种沉默而彻底落空。作为一名出色的读者，巴罗哈一定知道，文学都是按照惯例来发展的，这些惯例有可能会被改变或被颠覆，但却从来都不会被熟视无睹地绕过去。

---

[1] 何塞·阿尔贝利奇（José Alberich）：《皮奥·巴罗哈作品中的英国主题及其他主题》（*Los ingleses y otros temas de Pío Baroja*），马德里，阿尔法瓜拉出版社（Editorial Alfaguara），1966年。

小说的情况也是如此，但产生的效果却完全不同。回忆录中那些简单粗暴的删减，在小说当中却成了省略。就算这种省略有时也会让人恼火，但那种恼怒却会由于故事中被赋予的那种现代感的色彩而得到补偿，这一点其实我在前面就已经谈过了。

有观点认为，巴罗哈是一个过时的作家，虽然身处二十世纪，眼光却停留在十九世纪，与这种论调相反的是，巴罗哈对小说的认识或直觉其实跟那些被胡安·贝内特指责为无知的当代作家并没有什么两样。

因为巴罗哈亲眼看到或通过直觉觉察到，读他小说的那些读者跟几十年前读他所景仰的狄更斯作品的那些读者已经不再一样了。巴罗哈的读者，不管是不是有意的，都已经不会像他们的前辈沉迷于《雾都孤儿》主人公奥利佛的经历那样沉迷于阿维拉内塔[1]的故事。因此，巴罗哈跟他的读者之间便形成了一种默契，在这种默契的驱使下，这些读者对巴罗哈那些显而易见的缺点采取了接受、欣赏的态度，甚至几乎是在要求他写作时要表现出那些缺点：小说中那些犹豫纠结的开头，那些离题万里的叙述，那些陷入死局的情节，还有那些来路不明、结局不定的人物的熙来攘往。一句话，他们只想看到一种纯粹的叙事，而巴罗哈在这方面的天赋是无与伦比的。而作为交换，巴罗哈不管在作品中还是在生活中都必须保持始终如一：于是就有了作为角色出现的巴罗哈，这是他本人在某个时刻创造出来的，但他自己都不是很清楚

---

[1] 阿维拉内塔（Eugenio de Aviraneta），西班牙十九世纪自由派政治家，也是皮奥·巴罗哈的作品《一个活动家的回忆录》的主人公。

是如何创造了这一角色。巴罗哈本人只是作为作家的巴罗哈——一个孤僻的家伙,一个过早老去的人,面对一切不属于创造和写作范畴的事物都会显得优柔寡断、茫然无措;一个几乎没有任何存在感的孤家寡人,身上只表现出别人想赋予他的那些个人特征——无政府主义者、法西斯分子、知名小说家、人畜无害的聚谈会座上客,还有伊特塞阿的恶人。

附录

巴罗哈作品节选

准确而可靠的说明

我一直都认为，对于作家来说，不管他们是知名大家还是无名小卒，也不管他们的风格是奇特怪异还是通俗易懂，郑重其事地谈论自己都是一件非常重要的事情。

任何一个读过让-雅克·卢梭的《忏悔录》前言的人都可能会想：我在这儿到底要读些什么东西呢？我会发现些什么？是神，是英雄，还是魔鬼？那样的前言会让他在读开始几页的时候充满了渴望，就算读到后面觉得无聊了，也总还是会觉得这本书非同凡响。巴尔扎克的《高老头》的前言便是如此，那部小说确实不错，但作者在作品中营造的那种奇特而神秘的氛围却显得有些莫名其妙，而且一旦脱离了巴黎的环境氛围，故事就让人没法理解了。这一切就有点儿像游艺会上那些为招揽客人进场而被卖力吆喝出来的广告。许多人进场以后会大失所望，但如果他们没有听到那些呼唤和吆喝，就根本不会走进去。

我从来都不懂得怎样用我的书来做这样的"吆喝"，也不会在涉及到我个人生活的作品中做一下这种尝试，不过，实际上这样的作品我根本都还没写出来呢。

我和米盖尔·佩雷斯·费雷罗就我们所处时代的生活和文学进行过一场谈话，他根据这次谈话的内容写出了厚厚的一本书，那是一部传记，内容丰富，充斥着趣闻轶事，描写异常生动形象。可被著书立传的这一位到底够不够格来让人家为他写出这么一本书来，连他自己都没法知道。

曼佐尼为拿破仑写的赞歌的结尾处有一句非常精彩的句子："后世自有公断。"不管是伟人还是草民，随着岁月流逝，未来总会给出公断。

我不知道我提到过的那些与他人的关系是不是浸染了些浪漫主义的气息。我并不想为过去保留什么浪漫，也就不觉得只要是过去的时光就都更美好。因此我心中的时代记忆并没有被刻意美化。

也许这些记忆通过一种不自觉的想象自行改变了模样，但我并不这样认为。就算这样的对比确实有其意义，可要这么做也还是难上加难。

当记忆已经被讲述和表达后，我们会发现，费雷罗对这一点的解说非常确切真实，而且远比我那种通常显得枯燥的梗概式的叙述更具文学性。

费雷罗写的这部传记所记述的关系都是基于事实和逸闻，而并非基于理论和精神层面的分析；但事实支撑了想法，而想法又成了事实发生的原因和结果。

看来，要完成一部涉及理论和精神层面分析的传记，被作传的这一位才是最佳的人选。他才是那个最有把握的人，对他自己在遇事时的心境和冒出来的意图也都一清二楚。当然前提是他并不想隐瞒或伪造他的那些意图。

我并不知道读者和评论家在读这本书的时候会得出什么样的结论。我自己就没有得出过任何清晰的结论，用来给传记的主人公下定义。

没人知道他是个怎样的人，尤其当他像我一样，脱离了自己的生活环境，垂垂老矣、寂寞孤单又离群索居的时候，就更没人能对此有所了解了。

这种"认清你自己"的举动实际上是一种来自希腊传统的执念。

要了解自己和其他人，首先就是要有一种确定不变的、万无一失的观念，在这个观念中，会勾画出一个人物形象；然后便会有一种精确的度量方法来将这个人物与其他类型的人物来做对比。

如果没有那样一个参照点和度量方法，一个人就不可能对自己和他人有清晰的认识。科学家会有那么一套标准和规则，但文人却没有这样的规则，所以他们便总是盲目行事，听凭自己被热情或愤懑所左右，而在很多时候，他们胸中的愤懑也许只是出于那种由来已久且异常荒唐的对咖啡的厌恶。

不管是自然的造物还是人类创造的作品，从不同的角度观察，呈现出的样子就不可能一模一样，那么判断人性时按照美学标准评判或按照道德标准评判便也不可能得出同样的结果。

发生在我身上的情况是，当人们不再从精神和学识角度而是从外形角度来认识我时，人们眼中的我居然可以是迥然不同的形象，这让我颇感吃惊。在那些画像中，我时高时矮，有时是金发，有时又是深色头发，有人把我画得瘦骨嶙峋，也有人把我画得就像一个心怀邪念的家伙。如果对这种有据可查的外貌体态方面的问题，人们尚且可能出现完全不同的意见，那么关于精神层面的讨论又有什么样的看法是不可能出现的呢！

于是我对于某些人来说就成了无政府主义者、保守派、反动派、帝国主义者、种族主义者、人民公敌、贵族制度的拥趸；有人说我是好人，有人说我是坏蛋，有人觉得我不敬神明，有人又觉得我心怀虔诚……

作为文人，我成了对三四十位作家都进行模仿和剽窃的家伙，而那些作家中的某些人我根本就不认识。这些对我的中伤倒并没有令我讶异，我对其采取的本就是不予理会的态度。但在南方各地村镇那种封闭又容易躁动的环境氛围里，那些攻击和诋毁却一直盘桓不去。人们对我的不理解往往更让我觉得诧异。

我一直都对人很感兴趣，想了解他们遇事时的反应，他们的思想和习惯，至于他们有什么样的观点我倒没有那么多兴趣。所以我一直都有点儿像一个好奇的外国人，而其他人也会觉得我有那么一点儿古怪和荒唐。

我不知道自己是否做了什么有意义的事情，但在某些事情上我确实问心无愧。我相信自己曾为了有尊严的生活而奋斗，既没有利用谁，也没有耍什么手段。

我从不向任何人阿谀奉承，更不会向民众屈膝谄媚。

此时此刻，当我垂垂老矣，在我曾拥有的一切都已被阴谋夺走的时候，我仍保持着平和的心境。

在看着所乘船只沉没的时候，一个人会逐渐看清底舱的水位在怎样一点点地升起来。

——1938年于巴黎大学城

节选自皮奥·巴罗哈为米盖尔·佩雷斯·费雷罗的《巴罗哈的生活》（*Vida de Baroja*）*所作的前言*

回忆录
第二卷

有个人曾告诉我说我应该结婚。

可我实在没有什么好条件,能让我在一个资产阶级家庭里获得还说得过去的评价。

要是看到我对哪家姑娘有那么点儿"非分之想",那家的妈妈就会发问,"那个家伙是谁呀?"

"那可是个怪家伙。是个开面包店的。"

"开面包店的?那应该很有钱吧。"

"不是吧,看起来没啥钱呀。我记得他是个医生,也给报纸写写文章什么的。"

"那么他差不多就是个混子。"

"对,看起来是。而且,他还常出入酒馆,陪着些不正经的姑娘,应该是些女裁缝之流的货色。"

"真是太可怕了!"

我想,在当今这个时代,西班牙资产阶级的年轻姑娘,由于经受着巨大的社会压力,都会把婚姻看成她要完成的一项事业。

跟这样的女人们讲话很不容易，她们心里很自然地会认为没钱的男人一文不值。

当有些人，特别是女人问我为什么还没结婚的时候，我就觉得我不是一个能适应当下生活的人。我是那种不太会心平气和地顺从一切的人。有好多次，别人熬夜我偏要早起，别人早起我倒要熬夜，不是我故意非要跟人对着干，而是我觉得那样做更恰如其分。

如果我当时曾感受到伟大恒久的激情，而且条件允许的话，我可能早就结婚了；可在这件事情上我当时也确实有些反复无常。但现在，我才不会为了成为一位受人尊敬又有地位的先生就去结婚。我对此毫无兴趣。

我所期望的是让自己独立自主。就像我曾说过的，我那时已经准备好要努力勤奋地工作上五六年时间。当时面包店的业务困难重重。有时会有好几个债主拿着账单来到我的办公室，于是我就得应付他们，甚至在必要时还得跳窗出去避一避。

我还记得那时我曾跟我家教区的一个姑娘一起去拜访住在佩斯街的一位用扑克牌占卜算命的女人。

当然，我认为占卜算命那一套东西一点儿用处都没有。

那位看起来并不愚蠢，相反显得十分精明的好心的女士，在应对我的时候简直是一败涂地。她让我切了几次纸牌，我也不清楚用的是右手还是左手了，之后她跟我说了一些跟真实情况一点儿都不沾边儿的事情。

她说我正处于一个艰难的时刻，说我的生意正乱成了一锅粥，说有一笔遗产正等着我继承，还说我会收到一封信，我有一些潜藏着的敌人，有个女人希望我倒霉，但另一个女人却将有益于我，助我一路向前。总之，都是些毫无用处的话。大约五十年后，一位身在巴黎的阿根廷女诗人让我和另一位阿根廷作家陪着她去位于大都会格里内街和加里波利街的集市，因为她想找一位用纸牌和看相来算命的女人算上一卦。

尽管那是一个寒冷的冬日，下着雪，还令人厌烦地刮着风，但算命的女人却都忙得不亦乐乎，她们的旅行篷车里都挤满了人。跟我比起来，这群好奇的人也许对神秘事物更有感觉，他们将那些女人说的一切都当了真，其实还是那老一套，关于朋友，关于敌人，关于那封即将到达的信，关于其他诸如此类的含糊其辞的没影儿的事情。

回忆录
第六卷/情感间隔

一

我前面已经提到过了，1913年夏末，我和维拉·德·比达索阿的医生拉法埃尔·拉鲁姆贝一起去巴黎。启程前几天我待在圣塞巴斯蒂安，那儿有个名叫拉佩尔拉的饭馆，当时是人们用来聚会的场所，就在那里，一位当股票经纪人的马德里朋友将我介绍给两位外国女士，其中一位有点儿像男人，挺难相处，而另一位则非常有魅力。

事后，那位朋友告诉我，这两位女士中有一位是俄国人，是一个工程师的妻子。她会说西班牙语，当时住在巴黎。朋友给了我住址，以备我想去拜访女士。当时我并没有去上门拜访的念头。

抵达巴黎十五天后，我想或许应该去拜访一下我之前在圣塞巴斯蒂安认识的俄国女士了。

我并不知道我手头的那个地址到底是属于那位不好相处的男人婆的，还是属于另外那位女士的。

在一个无所事事的下午，我心中暗想：
"我要去瞧瞧在圣塞巴斯蒂安认识的那位女士住在哪儿。"就算最后发现住在那儿的是那个讨人厌的男人婆，而非另一位女士，那我也无所谓了。

我乘上有轨电车，前往一个很远的街区，最后来到一片花园洋房区，我向门房打听了一下，女士并不在家，于是我留下了自己的名片。我觉得那位俄国女士没准儿已经不记得我了，对此我倒没觉得有什么可忧心的。三四天后，我收到了下面这封用法语写的信：

"亲爱的先生：我在乡下待了几天，所以没有早些给您写信。您是否愿意于明日下午四点到五点间光临寒舍以品香茗？能与您会面我将不胜愉悦。执手致礼，安娜。"

我记不清自己是不是在一部名为《堕落的性感》的小说中就称呼这位女士为"安娜"；其实她的名字并不是安娜。不过，我还是要这么称呼她，因为在我记忆中她就叫安娜。

我注视着这封信；时髦的花体字，不是那么规整，带着些许慵懒而梦幻的气息。

在我看来，两位女士中的那个男人婆不大可能写出这样的字儿来。

第二天，我竭尽所能把自己打扮得高雅考究，然后又去了那片花园洋房区，门房为我指明了一座很现代的大楼的入口，我上了楼，敲了敲门，女仆把我让到一间小小的客厅里，等在那里的并不是那位不好相处的男人婆，而是她的那个女伴儿。

"原来您才是那位俄国女士呀?"

"对呀。"

"我还以为俄国女士是那位在圣塞巴斯蒂安时跟您在一起的女士,要是早知道是您,我早就来看您了。"

她笑了起来。

安娜就像接待一位老朋友那样接待了我。

我们聊了很多,她把我介绍给她的母亲和一位闺蜜,我们一起喝了茶,在跟她告别的时候,她对我说:

"我很想聊聊关于西班牙的事儿。"

"如果您不介意,我以后会再来拜访您的。"我向她表明心意。

"当然不介意,我一有空就给您写信。您能来就来,不能来就别来,也不必给我写信。"

二

过了四五天,安娜又请我去她家了。她是个身材苗条的女人,娇小玲珑,五官端正;脸庞略宽,短鼻子,一双深蓝色的眼睛闪着明亮清澈的光,目光中透着睿智和敏锐。她有一头金棕色的头发,额头小巧,带着些任性固执的气质。我注意到她有着圆圆的头型,但后脑却显得比较低平。这种短颅特征引起了我的注意。斯拉夫人的眼睛都有些眼角斜吊,有点儿像猫,这让他们显得十分迷人。人们通常会觉得斯拉夫人都有些反复无常、不太可靠。在一个长着长脸、总是带着一脸惊愕表情的英国人和气质与猫神似的斯拉夫人之间,英国人应该会比斯拉夫人显得更为可靠,不过斯拉夫人会非常迷人,有时候又会背信弃义。

我读过瓦谢·德·拉普热[1]的《雅利安人》,还记得他那些关于有短颅体征的人是劣等人群的理论。短颅的特征并没有阻止安娜成为聪明人。恰恰相反,她在生活中处处显示出自己的聪慧,甚至可能显得过于精明了,于是便不得不承受人们对其智力水平的各种指指点点,这让她感到疲惫厌倦。

她总是带着些无聊的情绪,但她身上的一切却又都散发出巨大的魅力。

正如一个法国人所说的,她有着"le charme slave"(斯拉夫式的魅力)。不管她是一本正经还是笑意盈盈,不管她是失落还是悲伤,在她身上都显露出了一种猫咪的邪魅,看起来妩媚又忧郁。她的欣喜往往只持续如闪电般的一瞬,刚一开始便凋零了。

我一直都认为,斯拉夫人是欧洲最令人着迷的种族。特别是在斯拉夫女人的身上,会有一种同时具备了暗黑、有趣和热情特质的东西,这是一种猫的气质,会引起别人极大的好奇心,也会给人留下极深刻的印象。

安娜的家就在那片花园洋房区。那时,哲学家柏格森经常去那个街区的一座宅邸登门拜访,我就有好几次都看到他路过,在我印象中,他是个睿智而可亲的人。

柏格森个子不高,连中等身材都算不上,脸庞瘦削,让人觉

---

[1] 瓦谢·德·拉普热(Georges Vacher de Lapouge,1854—1936),法国人类学家,优生学理论家。

得他只会去考虑那些精神层面和纲领性的事情。

这些犹太人在所有事情上都要做到极致：善就至善至美，恶就极恶极奸，要么是高贵优雅，要么是粗野下流。即使是英国人都没有在社会阶层方面表现出如此彻底的分化，更不用说德国人了，尽管富有才华，熟谙科学知识，但粗俗和装腔作势仍是德国人普遍具有的共同特征。

去俄国女士家里的还有一位犹太小姐，她长得非常漂亮，肤色白皙，一头金发，是一位真正的美人儿。

看到柏格森那张瘦削而充满智慧的脸庞，再看到那位漂亮的小姐，会让人觉得他们都属于世界上最高贵的种族。

三

安娜对一切都充满了好奇心。有好多次我们都在谈论社会问题和涉及一点儿哲学范畴的话题。她对于阅读科学技术方面的书籍很有心得，对音乐的感觉也很敏锐，可以充满感情地弹奏莫扎特、贝多芬和舒曼的钢琴曲。她并没觉得那些伟大的钢琴家能演奏出那些乐音、能完成那些复杂的作品是多么了不起的事情，她并不想炫耀，只不过是想充实自己，让自己沉醉在一些音乐的旋律中。

有时候她只弹奏一些和弦，然后让乐音在房间里渐渐消散。

有一次她在弹奏《悲怆奏鸣曲》中的行板时，语气忧伤地对我说："贝多芬的这段曲子真是令我哽咽难言。"

起初，安娜每四五天就会邀请我一次，后来邀请得更为频繁。我从来都不愿未经她通知就前往她家。我曾心生疑虑，觉得她还有其他一些情感关系，而我在她的情感世界里根本就不值一提。

我都是在圣叙尔比斯广场乘坐有轨电车前往安娜家，因为去一趟市中心地区的花费总是让我感到有点儿窘迫。

有些日子，我会花上四五法郎买上一束花儿带去。安娜总是接过花儿，把它放进一个花瓶里。有好多次她都把花束拆开，因为她不太喜欢卖花人做的花束的颜色搭配。

我秉持的是一种已不再年轻的心态，带着那么一点我觉得无伤大雅的浪漫。那时经常去安娜家的访客中，有几位法国小姐，有一个身为革命家一直被警察追捕，但在布尔什维克主义胜利后却被当成反革命分子的家伙，有一个俄国大使馆的小伙子，甚至还有一位有着高加索公主身份的女画家，叫什么奥尔洛夫公主或类似这样的头衔。

安娜在表达观点时尖锐而深刻。她喜欢对其他人进行精神层面上的分析，对最隐秘的事物一探究竟。很难搞清楚她到底有没有在卖弄风情，就算有，她也将其掩饰起来，深藏不露。她有时活力四射，有时平易可亲，对爱情梦想的渴望如浪涛一般在她的身上来去往复。总之，她的态度里总有那么一丝嘲讽和玩笑的意味，不过那是一种带着伤感的嘲讽，总给我一种猫一样的感觉。看得出来，安娜渴望能够振奋起来，但她却做不到。

至少在我们的聚会中，她的理想就是掌控支配我们这些人：俄国革命家、钢琴家、使馆的小伙子，还有我。她借助着那种忧伤的气质和万种风情将我们牢牢掌握于她的股掌之间。

我有好多次都在她的情感中注意到这种如潮水般的起伏。她汹涌的激情有时是为了俄罗斯，为了俄国人；有时是出于对音乐的热爱和为青春感到的愉悦；还有些时候则是为了她那些关于西班牙的回忆。这些接连来临的情感波动让她愿意在某个时刻跟我们当中的某个人待在一起。有些日子我和她的想法能达到完全一致，我在离开她家时就会满心欢喜；可也有些日子却并非如此，我会感觉到我们在性格方面存在着矛盾。

我会专注地盯着她看，而她也会回应我的目光，她的眼中闪耀着一种带着古怪活力的光芒，好像在对我说：

"我注意到您在观察我，但我也在观察着您呢。"

有时，她的目光仿佛在对我说：

"我把您看作谨慎而亲切的人，但我是不会有什么其他想法的。"

我对她心怀好奇，感受着她散发出的魅力。有点像在感受那种来自深渊的吸引力。

安娜会谈论一些奇怪的事情。有一次她对我说：

"我觉得自己有点像鞑靼人和吉卜赛人。"

说这话的时候，她的脸上真的挂着一丝非欧洲种族的人的那种微笑。

随着安娜跟我越来越熟悉，她对我也越来越坦诚，有时候也很残忍。

有一天她问我："您读过陀思妥耶夫斯基的作品吗？"

"读过呀。"

"您觉得怎么样？"

"他是位令人敬重的作家，但在我看来，他的作品读一遍就够了。"

"为什么？"

"他描写的那些冲突都太可怕了，环境也令人难以忍受。他的一些作品我可不高兴去重读。"

"是哪些作品呢？"

"例如，《死屋手记》或《群魔》。"

"对啊，你们这些西方人士啊，都是些只会口头说说的人。"安娜说道。

"不过在那些我觉得很令人佩服的小说里，人们也都是靠口头说说来过活的啊。"

安娜真的会喜欢陀思妥耶夫斯基吗？也许她根本不喜欢。她谈起这话题时就好像只有俄罗斯人才看得懂这位作家的作品，而我认为，她被西化的程度已经让她不再喜欢那种如此沉重而又令人心碎的文学了。同时她又表示保罗·布尔热的作品不错，对此我还是抱有疑义的。她曾借给我一本这位作家的小说，名字叫作《女人心》。

后来她曾问过我："您觉得这本书怎么样啊？"

我花了点儿时间嘲弄了下这本书和书里所谓的心理学，看起来这让安娜不太高兴了。她批评我的内在品位过于粗俗，过于现实，没有能力去欣赏富有艺术感的精致细腻。我告诉她，布尔热的那本书确实显示了一定的才华，但说到底还是过于矫情做作，十分虚假。

"我也不知道，"我补充道，"会不会有那么一天，女性的心理都被大白于天下，她们的人格也再无神秘可言。就算真有那么一天，可能也不是拜这些庸俗的小说家所赐。"

"那您会喜欢这种'大白于天下'吗？"她问我。

"现在还不会。我想以后我也不会太在乎。"

"我不觉得这样可以让我们这些女性信服。"安娜辩驳道。

"为什么不会信服？"

"因为我们女人都是一样的，神秘感还是会给我们带来好处的。"

安娜五年前结婚，没有子女。据我所知，她的丈夫是个工程师，管着高加索地区的几处油田。

安娜的母亲是位有着宽脸盘和蓝眼睛的俄国夫人。她的父亲已经不在世了，从她们给我看的肖像可以看出是典型的南方人。

安娜应该是长得既不太像她父亲也不太像她母亲。

在安娜的家里，我获得了某种貌似挺重要但同时又模糊不清的个性。我已经习惯了去倾听那些无关紧要的故事，并习惯于对那些故事产生兴趣。也许我身上就是有这种巴斯克人可能会具备而且也受到耶稣会教义影响的亲切随和的个性。

安娜的母亲经常对我说："我们会习惯您在这儿的，您要是离开，我们也会想念您的。我们都把您当成俄罗斯人了。"

"才不是呢。巴罗哈先生是个彻头彻尾的西方人。"安娜带着嘲讽的语气说道。

有时她会表现得非常乐观，充满期待，可没过一会儿，她就又表示她对一切都感到厌倦，说她没准儿都不想活到三十岁。她的母亲对她的这些想法严加斥责，然后，私下里会对我说："她这不过是在撒撒娇。"

安娜曾跟我说，她在最深入骨髓的厌烦中无所事事地打发掉很多日子。她对人对事都感到十分厌倦。据我后来能观察到的情况来看，安娜的心理是有些紊乱的，有那么一些人，他们阅读很多基于想象的作品，经常听音乐，内心产生很多感受却从来不会付诸行动，意志力也因此而薄弱，在他们身上，这种紊乱会越来越频繁地出现。

于是安娜便有了那样一种半喜半忧的态度，有了那种神秘的、卖弄风情的微笑。

四

这位俄国女士的家是一所面积不大但陈设考究的房子。房子里的东西都是新的。房间的壁纸，天花板，地毯都是崭新的，一切都是那么漂亮优雅。房子里那几张矮矮的长沙发让我非常喜欢，因为它们都太舒服了。

"您得轰我我才能从这儿离开了，"我经常对她说，"我在旅馆房间里只有一张又硬又不舒服的扶手椅，看起来就像是跟我有仇。而这里的长沙发简直就是我热情的朋友，像一条章鱼一样把我拉住。"

房子里还有热力十足的暖气,有好多次还会另外再点起烧木柴的壁炉。这样,她的闺蜜们穿着轻薄的低领衣裙也没问题。

在她曾经留过学的巴黎,安娜有很多朋友。她最亲密的女友是姐妹俩,她们的父亲是一位岁数不大但已经声名远扬的医生。两姐妹中的姐姐叫玛尔塔,面色红润,就像一个珍珠母做成的娃娃。她经常穿着风格夸张的蓝色和粉色的衣服,她的眉毛淡淡的,有着小巧的鼻子、带着笑意的嘴巴和蓝灰色的眼睛。她有点儿近视,这让她不得不用上了一副长柄眼镜儿,她的一头金发好像给她戴上了一顶黄金的头盔。

玛尔塔的妹妹加夫列拉还是一位少女,是个非常可爱的十四岁女孩儿,无拘无束,内心深处还有些幼稚,她有着灵动的栗色眼睛,嘴唇稍微有点儿厚,笑起来的时候会露出白白的牙齿。

我相当认真地向她献殷勤,而她也跟我说她喜欢上岁数的男人,这话让我觉得有些可笑。

与玛尔塔进行的谈话总是令人愉快的,内容很大胆,充满了机敏和智慧。

她那积极乐观的医生父亲像教育男孩子那样教育她。

玛尔塔曾四处游历,认真学习,所知甚多,是一个现代主义者和女权主义者,在宗教方面则是一名怀疑论者。她还是个亲英分子,在英格兰待了很长时间,非常喜欢英国的小说家和诗人。

在谈论严肃的话题时,我非常喜欢听她讲话,但是当她开始嘲笑所有那些名人时,我就不再觉得有趣了。她确实很聪明,能马上就抓住讽刺意味的所在,可是在这种迅捷的机敏中总是有那么一点伤感和不体面的东西。

她的妹妹加夫列拉是一位技艺高超的小提琴手。安娜和加夫列拉常常合奏小提琴和钢琴奏鸣曲,特别是贝多芬的《克鲁采奏鸣曲》。两个人组成了非常棒的组合。我总是满怀热望地看她们表演。安娜在演奏钢琴时自信镇定,加夫列拉也具备鲜明的个人气质。真该好好看看她以多么充沛的青春活力、多么潇洒的风度去操控琴弓,演奏出那些著名奏鸣曲的音符旋律。我们为她们鼓掌的时候,安娜会带着嘲讽的神情看向我们,而加夫列拉则会面带笑意,露出白白的牙齿,那是显露出真正满足和快乐的微笑。

安娜家的客厅里还会经常出现一位俄国使馆的随员。那是一个毫无趣味的小伙子,高个儿,深色头发,四方头型,总是用正确得毫无瑕疵的法语来谈论些众所周知的事情和地方。

玛尔塔总是用一种有点儿厚脸皮的方式来开他的玩笑。

她经常会摆出一脸崇拜的样子对那年轻人说:"您到底是怎样拥有了法语的esprit(灵魂,精髓)的呀。您跟我们讲的事情真是'ravissant'(令人愉悦)啊。"

那个俄国小伙儿便开始自命不凡起来,在一个并不英俊的高个儿男人身上,这种妄自尊大着实会让人觉得非常滑稽可笑。

有一天,玛尔塔对我说:"我和您看起来不像是朋友啊。"

"确实。看起来并不像。"

"那是为什么呢?"

"因为您总在那儿显摆自己有多优越。我何苦要跑到您的势力范围里去呢？让您笑话我，就像嘲弄那个俄国使馆的小伙子，只因为人家法语说得没有你好？"

"才不是呢，鲍里斯说法语说得非常好，但他是个傻瓜，还总想对我们指手画脚。再说我可并没有嘲笑您。"

"确实，而且我的法语说得非常糟糕。"

"我要是说西班牙语也会一样糟糕的。"

"您无法否认，小姐，那天当那位披着长发的钢琴家要去坐到钢琴旁时，您给了他一把破椅子让他摔到了地上。"

"那倒是真的。我不喜欢那个家伙，他自以为天下的女人都倾心于他，简直就是个无赖。他依靠着奥尔洛夫公主生活，却不好好待她。"

"那我就明白您为什么讨厌他了。"

"对，我讨厌他。至于鲍里斯，我并不烦他，我对鲍里斯是有感情的。他既不可爱又不招人喜欢，但他是个好人。您还记得吗？那天当我跟他说'您肯定是阿尔弗雷德·德·缪塞的灵魂再现'的时候，他是多么地自鸣得意啊。"

"您这是不怀好意呀。"

"您怎么这么说呢！他不就喜欢这样！而您，实际上也很让人看不透。"

"才不是呢，我不过是个又穷、又老、长得也不好看的家伙……只能心甘情愿屈居配角。"

"您就是那位总思念着杜尔西内亚的忧郁骑士。"

"哪个杜尔西内亚？"

"算了吧，我才不会告诉您哪位是您的杜尔西内亚呢！"

玛尔塔认为我对安娜正充满了狂热的爱慕，安娜就是我的杜尔西内亚。

五

当只有我、安娜和玛尔塔在一起的时候，我们仨通常都会聊聊关于爱情和生命的话题。我也不知道怎么回事儿，她们俩总认为我肯定是谈过恋爱的。

"您不信任安娜，"玛尔塔有一次对我说，"不过她也不信任您。"

"这是她告诉您的吗？"

"不是。不过我注意到这一点了。"

还有一次我跟安娜聊天，跟她讲了我已经说过好多次的话，那就是欧洲人里会有长得像摩尔人的，也会有长得像中国人的，于是她对我说："那您也属于那些长得像中国人的。"

"我可不这么认为。"

"没错，就是像中国人，而且要是论动物的话您长得像猫。"

"得了吧！"

"就是像猫，因为您不可能像老虎。"

"毫无疑问，"我再次跟她们说，"通常情况下，女人都是结婚以后才会露出自己的本来面目；在结婚前她自己都不知道未来会成什么样子；女人活得都如在云雾之中。"

"您认为女人在结婚前不可能认清自我吗？"

"有可能会认清自我，但是也很容易被自我蒙蔽。我就曾见过我一个朋友和他妻子的例子。他们结婚时彼此相爱，也带着这份感情生活了一段时间，但最后却以分手告终，而且彼此仇恨。他咒骂她是个自私恶毒的女人；而她则信誓旦旦地说他是最卑鄙的无赖。反而是我认识的一些女人，被迫嫁给比自己岁数大而且又没什么特别之处的男人，可两人却日久生情，最后居然彼此相爱了。男人和女人之间基本上是无法相互理解的。我们就是在心理上一直无法合拍的两种生物。"

"那能有什么办法来解决我们之间相互不理解的问题吗？"

"毫无办法。大多数人也不需要什么办法。人们生活着，就算不幸福，但凭借着来往奔波、工作和娱乐的日常生活也能过得挺高兴。我们这些野心勃勃、心存不甘又不安于现状的人，总渴望得到纯粹而高尚的幸福，但我们其实都想错了，因而永远也得不到那样的幸福。"

"可是对于那些无法安于现状的人总还是会有办法的吧。"安娜说。

"我相信随着时间的推移，爱情会具备生理学的特征，而理想主义则转而去遵循科学和哲学的道路。否则，人类就将继续维持现状。"

"我相信前者，"安娜说，"全体女性，还有很多男性，一直都相信存在着一个粉红色的世界，那是爱情的世界，在那里人们都幸福地生活着。"

"对，确实如此。"玛尔塔说。

我问玛尔塔："所以一个像您一样博学多知的姑娘，不管学了多少知识，最终的理想也都只能被浓缩成'一个英俊的男人'？"

"对，先生，这没法避免。"她笑着回答。

六

在J·布埃诺写的一篇关于我的文章里，他提到我曾和一位西班牙画家一道去拜访一位俄国女士，还说那是位单身女士。这并不准确。当时那位俄国女士已经成婚。在她家时我只给她介绍过一位医生，是我在维拉时的朋友。我当时还是蛮谨慎的，根本不会带着咖啡馆聚会中的随便什么记者或画家去参加那位夫人的聚谈会，因为他们很有可能会把我给坑了。

没有哪个西班牙知名人士会像拉鲁姆贝医生那样频繁地去拜访那位俄国夫人。我也曾有两三次邀请拉鲁姆贝医生，让他跟我一起陪着安娜和玛尔塔去参加布利耶咖啡厅或魔法公园游乐场的舞会，以及某个咖啡馆里举办的音乐会。

我仍然觉得在咖啡厅音乐会上的表演就是唱唱马奇恰歌曲，跳跳步态舞，伴随着尖叫、跺脚和蹦跳。而查尔斯顿舞应该是后来才有的了。

我跟安娜和玛尔塔去布利耶参加了很多次舞会，有一次我们见到了那位所谓的"蒙特内格罗侯爵"，当时他系着一条盈盈飘动的领巾，戴着宽边草帽，头发披散着。安娜和玛尔塔看到侯爵跟我打招呼后，便希望我能把她们俩介绍给那个年轻人。我这么做了，于是玛尔塔便跟侯爵跳起舞来，而鲍里斯——那位俄国使馆的小伙子，跟安娜一起跳舞。这两位青年是多么地不同呀！西班牙小伙儿舞姿摇曳，身形灵巧，全身上下充满了魅力。而那位使馆的俄罗斯青年却像一根有些后仰的、高高的、毫无风度可言的电线杆子。

七

有一天安娜问我平时是怎么过日子的，我便告诉她我在什么地方吃饭，一般会去哪家咖啡馆。第二天她沿着圣米歇尔林荫道从我跟她提到过的咖啡馆门前经过。我起身出去，尾随着她走了一会儿，然后上前去跟她打招呼。

那天她穿着一件珍珠灰的衣服，披着一件紫红色的斗篷。帽子也是灰色和紫红相间的颜色。她胸前还戴着一小束香水草。这位俄国夫人身上散发着一种秋日的韵味，整个形象似乎没有明晰的线条，而是由一种柔和的色彩构成，实在令人着迷。

"请您原谅我这平庸的奉承，但您可真是太标致了。"

"您喜欢我的衣服？"她问我。

"衣服非常漂亮，但我主要还是喜欢您本人。"我回答她。

"我有个很有品位的裁缝，而且总是按照我的吩咐行事，"她提醒着，"因此我看起来还不错！"

"简直是超凡出尘。您让我想起了舒曼的作品，就是您在钢琴上弹的曲子。"

她心满意足地微笑起来。她那种略显大胆的气质，她的金色卷发，以及让斗篷的拂动显得格外突出的坚定步态，还有她那种有些模糊的如同猫儿一般的风度，都让她显得那样迷人。

"我可以陪着您吗？"我对她说。

"可以，可以啊。"

"您是要去拜访什么人吗？"

"不，我就是散散步。"

"有这么一个又老又邋遢的男人陪伴您不会尴尬吧。"

"我才不会因为我的朋友而感到尴尬呢。"

"我就像玫瑰花旁边的一只蜗牛。"

"今天您特别会说话儿，比平时殷勤得多啊。"

"您今天也比往常要漂亮得多呢。"

安娜笑了起来。

我可以肯定，她是一时兴起来找我的。我们一起顺坡而下走到了河边，继续沿着塞巴斯托波尔大道走过去。安娜跟我说，她也许不久后就得离开巴黎了，她丈夫隔三差五就会写信让她去跟他团圆。

"我很理解他。"我说。

"为什么？"

"您跟他分离，在这里待着，对此他不可能会高兴的。"

"如果您是我丈夫您会为此不高兴吗？"

"当然会不高兴。如果我是您丈夫，我会想方设法让您尽量呆在我身边。"

"您这该是吃醋吧。"

"对呀。就是吃醋呀。"

"哦,当然了,您可是西班牙人呀!"

"是西班牙人,而且是爱上了您的西班牙人。"

"得了吧!"

我们聊了好长时间,在林荫道的人群中行进着。她又告诉我她觉得自己很快要离开法国了。

"您得通知我啊。"

"行啊。"

夜幕降临时,安娜对我说她要乘车回家了,但随后又很跳脱地跟我聊起了巴黎有多危险。

"您都不知道我那天出了什么事儿,"她说道,"我坐上了一辆车,司机居然想欺骗我,他把我拉到了博洛尼亚森林,本想把我弄进树林,可我拿出我的左轮手枪,这下让他老实了。"

"您当时就穿着这身衣服?"

"对啊,怎么了?"

"我要是司机的话,估计也会做出同样的事情。"

她笑了起来。

"您愿意我陪您去乘车吗?"

"不要,千万不要。"

"安娜,请告诉我……"

"什么?"

"您今天穿这么漂亮的衣服出门到这里来,难道不是为着来找我,让我失魂落魄的吗?"

"您可真有点儿招人喜欢呢,"她笑着回答道。

"然后,在见到我并且和我交谈之后,您心里是不是有那么一点儿失望?"

"也许是,也许不是。"

"像谜一样捉摸不定,如同风吹起的羽毛。"

"通常我们女人都是这样的,俄国女人就更是如此。我们这些女人可真是可怜!不得不仍然凭借着那份神秘多变来自我防卫。"

"那我呢,我可不像您那样捉摸不定,反复无常……"

"唔!我怎么知道呢?我并不是很信任您。"

"至少我是一直都喜欢您的,从没有间断过。"

"您只是现在这么以为。"

"我一向如此呀。"

"也许得让您经受一下考验。"

"随便您怎么考验吧。"

她沉默不语了。

"既然您不希望我陪您回家,"我说道,"那就请您允许我跟您吻别吧。"

"不行,那可不行。"

"至少吻一下手吧。"

"我可带着左轮手枪呢!"

我拉住了她的手,她并没有把手抽回去,我将她的手放到了唇边。

"来吧，您就好比是个女裁缝，我就好比是个刚下班的商店店员，"我说道。

"您希望这样是吗？"她问道，带着些挑逗的意味。

"我会给您……我也不知道给您什么，因为我没有什么可给的，那也许就是一场梦。"

"对。就是一场梦。"

突然，她拦了一辆车，我打开了车门，她在上车前，将脸庞靠近我。我亲吻了她的嘴唇，这一吻让我几乎无法自制。她关上了车门，汽车绝尘而去。

一想到我本来有可能在自己更年轻的时候，在这个女人还是自由身的时候与她相遇，我的心中就满是伤感的情绪。

后来我给安娜写了信，但她没有回信。过了几个晚上，我突然想到可以乘"地铁"去她家。我以为那所房子会大门紧锁，令人忧伤。我来到她居住的花园洋房区。她房间的阳台一片灯火通明。她还在巴黎。我伤心地走回旅馆，路过塞纳河上的一座桥时，我久久凝视着塞纳河的河水。

后来，我的小说《堕落的性感》出版时，我意识到我的所作所为不太谨慎，但由于我的书并没有传播到国外，所以那些有可能感到被牵涉的人们根本不知情。那本书被翻译成了法语，但已是好几年以后了，谁知道那些彼时在安娜家相聚的人们现在都身在何处呢！

回忆录

第三卷

在我去往罗马的那一年，由于意识到根本不可能写出一部文艺复兴时期的罗马历史小说，我决定还是写一本带那么一点儿复古意味的现代小说，并将其命名为《恺撒或一无所有》。

我知道，按照西班牙式的逻辑，书名本应该是《要么当恺撒，要么一无所有》，但以《恺撒或一无所有》命名会显出一种特别有学问的样子。我在罗马时住在埃塞德拉·迪·特尔米尼广场的一处半包餐的旅馆里，这家旅店尽管不是很大，但装饰却非常考究夸张。

在入住旅馆两三天后，我就对旅馆主人说我搞错了，在这儿住实在是有点儿贵，我在考虑要搬去另一家更实惠的旅馆。旅馆主人坚持让我留下来，并且还给了我一个符合我拮据财力的折扣价。我们商议妥当，我在住客名单上成了"皮奥·巴罗哈医生"。我那时很少待在住处，总是在镇子的大街小巷上好奇地东游西荡。有好几次，当我走进某个地方磕磕巴巴地说着很糟糕的意大利语打听点儿什么的时候，人家就问我说的是不是德语。我不知道是不是我那份好奇让他们觉得我是德国人。

我住的旅馆里的那些人都不太搭理我，我也不太想搭理他们。旅馆里有几位打扮得花枝招展的夫人，两个跟妈妈待在一起的非常漂亮的意大利北方姑娘，两位女伯爵，其中一位会拉小提琴，还有一位来自米兰的夫人，带着一个长得有点儿像日耳曼人的美丽女儿。

突然之间，在旅馆的客人中间出现了一位戴着各种珠宝首饰的仪态优雅的法国夫人，她的丈夫是一位有着西班牙姓氏的美国人。

这位夫人有一个漂亮女儿，有着鹰一般的气质，带着两名女仆和一名家庭女教师。

法国夫人自视甚高，而且毫无疑问，她打算在旅馆的所有客人身上施加影响并将他们征服，她的征服计划始自那个最无关紧要、最没钱的家伙，而那个人便是我。

也许正因为她有这样的想法，她对我表现出一定的保护欲，时不时就邀请我跟她一道乘车出行，随行的还有她的女儿和一位学究气十足的、文绉绉的法国教士。

法国夫人和她女儿对旅馆住客中的先生们通常都表现出非常轻蔑的态度，以至于一位优雅的青年外交官因这些夫人的鄙视而倍感屈辱，说她们都是"i protestanti della simpatia（令人心动的新教教徒）"。

过了几天，来自米兰的伯爵夫人和她的女儿加入到法国夫人那一群人，而后者很快就成为旅馆里举办的晚会和舞会的领袖人物。

我那时很享受那些女士们的善意，发现自己已身处那些晚间经常举行的聚会的核心圈子中，早上我会坐上车，去往罗马周边那些非常有名的地方，其中有一些着实不太干净卫生。我被介绍给好几位贵族，其中有鲁斯伯里公爵，他是戈多伊的后代，从他讲西班牙语的方式可以判断出他应该是西班牙人。

有几个妒火中烧的年轻人对我所享有的关照一直都颇有怨言，那个外交官居然非常自负地去问了那几位法国女士，她们在我身上到底发现了什么东西，让她们对我青眼有加。

毫无疑问，这位先生相当自以为是，觉得所有我们这些在他身边的人都是无足轻重、令人不齿的。

餐厅里坐在我对面的是一位意大利小姐，我跟她已建立起了一定的友谊。

那几位法国女士组织的诸多晚会中的一场，除了一位傲慢尖酸的西西里侯爵夫人之外，其他所有女士都参加了。在舞会上，有一个装满夹心糖的罐子被挂在天花板上，大家得闭着眼睛，用一根手杖来敲碎它。这应该就是"皮纳塔"[1]。自然，那会儿正是狂欢节期间。

这一活动在一片欢声笑语中进行。在好几个人试过之后，那个年轻外交官，在可能并没有闭好眼睛的情况下，用手杖击中了挂在天花板上的罐子，打破了它，一片碎玻璃正中那位西西里女

---

[1] 皮纳塔（Piñata），一种通常用纸糊的容器，内装糖果或玩具，于节庆或生日宴会上悬挂起来，让人用棍棒打击，打破时糖果玩具会掉落下来，让参与者争抢。

士的额头，尽管造成的伤口并不大，但那一片血迹却让所有人都惊慌失措。

那位总是坐在我对面的意大利小姐大受惊骇，马上就跑到一个房间去，瘫坐在一张沙发上。

我问她感觉如何，我们谈了好一会儿，一直到舞会结束。我觉得她是一位亲切可爱、多愁善感的女人。

那位曾发现我的小说《谨慎者市集》(La feria de los discretos)中的人物"molto impertinente（很时髦）"的女侯爵来自费拉腊城，已经独身多年，此时在那位意大利小姐身边说，她现在马上就要超过结婚的年纪了，由于没结婚，她总是会有嗝气，所以要在吃饭的时候服用甘油磷酸盐。

而总是护佑着我的那位法国夫人回应她说，在法国人们也是这么认为的，但大家都不会说出来。我跟那位意大利小姐聊过好几次。她出生在威尼斯，是一位军官的女儿，而那位军官看起来就是个有钱人。我们彼此建立起一定的信任，有一天她让我陪她去那不勒斯，她打算在那里过完冬天。

这邀请令我忧心忡忡。可我要怎么陪她去呢？

我那时候根本没有钱。我觉得要是把这事儿向她坦白会很危险。所有那些女士对金钱和社会地位都满怀热望。

等支付完在罗马的食宿后，我就该差不多身无分文了。我也不认识什么人能借我点儿钱。我当时有一家旅行社给的火车通票，本可以凭票去意大利北部的几座城市走走看看，但我哪儿都没有去，而且那张票已经快要到期了。思前想后了好久，我觉得除了离开别无他法，于是在一个早晨，我结清了食宿费用后，没有跟任何人告别，便带着箱子动身，一路肩扛手提地去赶火车了。

　　罗马的经历对我来说非常有趣，比我曾设想的要有意思得多。在一座门口有圣帕斯夸尔·巴伊隆画像的修道院里，我曾跟一些修道士和神父交谈过，其中就有帕纳德罗神父，此外还结识了一些不同寻常的人。

昨日与今朝

在维拉的义勇军士兵

我一年中的大半时间都是在维拉·德·比达索阿度过的,当让西班牙陷入动荡的激变爆发时,我正待在家里。八天前,我们得知镇上开来了一辆卡车,车上坐的都是共产党人和来自伊伦的人民阵线的人,他们在村里的大街小巷四处蹓跶,第二天一早,他们先是为共和国欢呼,故意卖弄般地高举起拳头,高呼着"祝同志们健康!"然后便返回基普斯夸,还炸掉了恩达尔拉萨的桥梁。两天以后,来自潘普洛纳的义勇军士兵开进了维拉。当我早上走出家门时,有人告诉我:"他们就在那边儿呢。"确实,就在我们这个叫作阿尔萨特的街区,有一座两层的楼房,楼房的一个阳台上挂着写有"共和联盟俱乐部"的牌子,就在那座房子前面聚集着一群人，他们大概有二三十人，身穿卡其色的衣服，头戴红色贝雷帽，背着锃亮的新式步枪。这场景让我恍若回到了卡洛斯战争和圣克鲁斯神父的那个年代。一个军官一把把旗杆拔出来，用斧子把牌子劈碎，从阳台扔到了地上。又从房子里陆续拿出一些书，都堆在了街道上，随后士兵们便用火将这些书都点着了。那些书里有几本是我写的，是我以前送给这家小小的俱乐部的。结果它们在那里被烧成了灰烬。

这些义勇军的队伍颇有些特点。队伍中的大多数人个子都不高，几乎所有人都来自纳瓦拉河谷地区。队伍里倒是有一个高个子的粗壮男孩儿，头戴一顶带着黄色帽缨的贝雷帽，还有一位老人，身上带着一股老游击队员的神气。在摧毁了俱乐部那间小小的图书馆后，他们挂上了一个牌子，上面写着"上帝、祖国、法典和国王"。我当时曾和那些义勇军士兵聊过天，有一个战士问我那些共产党人路过村子的时候都干了些什么。我告诉他们说那些人什么也没干。"我们没碰上他们可真是太遗憾了！"一个士兵说道。我问他们："你们已经准备好上战场了吗？"一个小个子男人回答我说："还没有。不过我们才不害怕子弹呢。做完忏悔，领完圣餐，今天死还是明天死就没有什么两样了。"一位妇人问他："那您没有孩子吗？""有啊，我有五个孩子，个头儿太小了，恨不得一个弹夹就能装下。"

咱们去阿尔曼多斯吧

第二天，在维拉的人们都在说有更多义勇军的队伍开过来了，他们在贝奥尔雷吉中校的指挥下要前往纳瓦拉和基普斯夸交界的地方。村子里的两位医生也去了恩达尔拉萨附近，在那儿建立起一个"红十字"野战医院。周三下午，维拉的一位警官告诉我："今天您可算有场好戏可看了。奥尔蒂斯·德·萨拉特中校指挥的一支潘普洛纳纵队就要来了，他们从旁边的雷萨卡村过来，要去突破奥亚尔松的道路防线，好挺进到圣塞巴斯蒂安。"

这是圣克鲁斯神父原来经常执行的进军路线之一。当人家告诉我这事儿的时候，我正跟村上的何塞·奥丘特克医生和一名警察待在一起。奥丘特克医生是坐着一辆小汽车来的，车的挡风玻璃上有个大大的红十字，他的衣袖上也套着一个带红十字的袖标。警察说道：

"奥丘特克也许可以开车带我们去看看那支路过的纵队。"

"好啊，"医生回答道，"咱们这就去吧。"

"走吧。"我响应道。

我们三人上了车，往雷萨卡开过去。在要开上比达索阿河上的那座桥时，我们看见了两名军官，其中一名认识医生。

"队伍还没到呢，"他们告诉医生，"但是应该已经就在附近了。"

我跟医生说我觉得最好还是回去吧。

医生问我："您介意咱们到阿尔曼多斯去看看我太太吗？她身体有些不舒服。"

"我无所谓。"

我们到了阿尔曼多斯，去了医生的岳父家，从他家的阳台上，我们开始看到那支一半是正规军，一半是卡洛斯义勇军的队伍经过。七八百人分乘好多辆卡车，其中有戴着红色贝雷帽的义勇军战士，也有携带轻武器的炮兵战士，还有一些汽车上坐着军官和首领。那些卡洛斯义勇军战士们高喊着行法西斯礼，而那些头戴钢盔、身穿深色军装的炮兵战士则都一脸严肃，没有任何兴奋的表示。整支队伍都过完了，我们也打算离开阿尔曼多斯到维拉去。我们的医生有点儿着急，当发现那支队伍的最后几辆卡车停在那儿的时候，我们开始超过他们。这也许不太谨慎。我们顺着坡一路向下直开到穆加伊雷，一路上一直开在那些卡车的前面，在那些妇女和神父给我们的掌声中，我们好像也成了这游行队伍的一部分。

我们被捕了

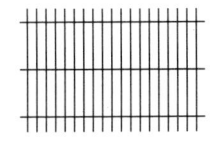

突然，传来一阵高声呼喝："停下！停下！"我们停下来，听

到有人在喊：

"快看那辆车，皮奥·巴罗哈在上面。"

四五个凶神恶煞般的高个子男人让我们下了车，其中一个嚷道：

"都排好队！"

然后他们用枪胁迫着我们，搜了我们的身。说实话，他们拿枪对着我们的时候我还以为他们要枪毙我们呢。"我们就要在这儿被干掉了，"我有些漠然地想着，"我得喊一声'自由万岁！'"过了一会儿，他们便对我们搜了身，还粗暴地夺下与我们同行的那位警察朋友的警员证、手枪和他衣袋里的所有东西。直到那时候，我都还没有像照理应该有的那个样子感觉到害怕。我只是因这个令人厌恶的场景从心底感到一种蔑视。七百个家伙来吓唬三个完全无害的人实在是有些过分。我不知道他们是不是也期待着我们能做出什么绝望的举动。我们在公路上一动不动地待了一会儿后，就被手枪胁迫着上了汽车，被命令跟在他们给我们指定的另一辆汽车后面。这一套排场不啻于一种尼采式的自负炫耀，让我突然觉得是那么荒唐。这就像是些妄自尊大的乡巴佬的所作所为，让人不由想起堂拉蒙·德尔·巴列-因克兰笔下关于卡洛斯战争的那些异常虚假的事件，其中，笃信宗教的士兵用步枪枪托击打妇女的胸口居然就被他当成什么了不得的大事了。

我们一直跟着那辆人家给我们指定的汽车开着，就这样来到了桑特斯特万村的村口。这个村子有一条路，经过一座桥后与公路交汇。在那个交叉路口聚集着义勇军的士兵和老百姓。这时，

那个曾用手枪威胁过我的高个子男人走近我们的汽车,指着我,对那些义勇军士兵介绍道:

"这就是那个曾在他的书里咒骂宗教和传统的不要脸的老东西。"

我没做任何回应。"得把他杀了,"那些士兵说道。百姓们的平静驯顺让我震惊,没有任何人提出反对意见。有个摄影师想拍张照片,但有人用手把他的照相机扒拉到了地上。有一些义勇军战士和士兵走过来看我的脸,就像在看一头畜生。半个小时以后,一位长官说我们得去维拉了,就在那时,一个拳头猛地挥了过来,打在我的脸上。我还以为会有人要抓住我的胳膊,把我狠狠拽出来,让我倒在公路上。

我们离开了桑特斯特万,到达了维拉。我也不知道他们在那儿开了什么秘密会议,反正一个小时以后,我们又被命令返回桑特斯特万。"他们还是要在那儿杀死我们呀,"我想。在桑特斯特万的村口,四名宪警上前围住我们,然后在戴红色贝雷帽的人的簇拥下,我们前往位于村公所地下室的监牢。

进到牢房后,我对同伴们说:

"我觉得到了这里我们就安全了。"

又过了几个小时,这支队伍中的参谋——一个和气的男人来到了牢房。他告诉我,我可以离开监牢,到一家旅馆去睡觉。我回答道:

"我就待在这儿吧,这不仅是出于朋友义气,还因为在这儿我觉得更安全;在旅馆人家要杀我会更方便。"

这位参谋说，等队伍离开村子一小时后，我们三个就会被释放，但是没过一会儿又来了一位宪警的中士，他对我们说，那些军官在吃午饭时决定随便关押无辜群众是不恰当的，造成的后果也不好。于是我和医生可以离开了，可是那位同行的警察却得留在监牢里，因为以前曾有几位法西斯党的先生要去法国考察，可这位警察没有给他们中某位先生的车子放行。我们把那位可怜的警察留在牢里，去了奥丘特克医生的同事阿吉列医生的家。

逃跑

一到阿吉列医生家里，我便开始感到强烈的恐惧，失去了冷静镇定。那位陪同我们的宪警中士让我们保证在第二天下午两点以前都不离开阿吉列医生的家。我和奥丘特克躺在床上，难以入睡。我们都盼着那支队伍赶紧离开村子。实际上，到了早上大概五六点钟的时候，我们开始听到汽车发动机的声音，还有人在高喊"西班牙万岁！宗教万岁！教士万岁！"我当时还算比较镇静，到了上午八九点钟的时候，又开始有卡车经过。其中有一辆车翻了，造成一人死亡，好几个人受伤，行军途中还遇到雷伊萨道路上有一座桥断了。村子里再一次挤满了戴红贝雷帽的人。"我可真是吓坏了，"医生对我说，"但是这恐惧总会过去的。几天之后我就不会再记得这些了。您倒还真是很镇定呢。"

"是呀,可是我现在开始害怕了,而且这种恐惧感很可能再也不会消除了。"

我们跟阿吉列医生讨论如何才能安全地离开桑特斯特万,觉得最好还是吃完饭后再行动,因为在这最初的几天,义勇军都在忙着快活地吃吃喝喝,也许之后还要忙着睡觉。那名宪警中士给了我们一张去往维拉的通行证。吃完饭以后,我们去了趟牢房,本想去问候一下同行的那位警察伙伴,但却没能办到。我们在似火的骄阳下出发上了公路。在路过的所有村镇都有带着武器的年轻人,耀武扬威地扛着新式的步枪和猎枪。在苏姆比亚,有人把我们拦停了一会儿,然后我们又继续前行一直到达维拉。在维拉,当我向我哥哥讲述我所经历的事情,他告诉我他要去村里问问那些警察能不能给我一张去法国的通行证,但是人家告诉他不行。于是我下定决心步行去法国。在走了两公里后,我看到有辆汽车开了过来,我拦住了它。车主是一位有着法国姓氏的西班牙人。路上一直没有什么障碍,但就在即将大功告成之时偏偏出现了一个武装警察。"这家伙要坏我的事儿,"我心中暗想。那名警察问车主要了他的证件查验,然后对我说:

"您就是皮奥·巴罗哈吧!"

"对呀,先生。"

"您不是被抓起来了吗,《纳瓦拉日报》上这么说的。"

"没错,但是他们把我释放了。"

"那您现在要去哪里呀?"

"我就是要去一下那边的一个西班牙村子。"

这时那个警察笑了起来。

"我看您这是要去法国啊，我是不会拦您的，每个人都尽可能地谋求生路吧。"

"那就太谢谢了。"

在边境线有不少人都很想知道我经历了些什么。到了晚上，我被带到了昂达伊，到了几个朋友的家里。

后来我又去了维拉边上的伊瓦尔丁山口，去看看警戒是不是已经被撤销，我是不是可以跟家人联系上了，但那些"红贝雷帽"还在那里，仍然有手里端着枪的人在站岗。

在这种不太乐观的情形下，要想在做出判断时保持冷静以便明了客观地看清事情的走向，这着实不是件容易的事情。我会尝试在另一篇文章中以更清晰、更个人化的方式来做到这一点。作家似乎都有点儿像在反刍的动物，更多的是在依赖记忆，而非当下的事实，因为此时平安无事的我在写东西的时候手都在发抖，就好像对危险的回忆于我而言比它就在我眼前让我去面对时要更令人不快。

"土匪"骑兵中队

战斗之后

暮色降临。成群的乌鸦飞了过来,准备尽情享受我们这些人类赠送给它们的盛筵。

在进攻冲锋中表现突出的"土匪"中队已经不想在追击战中再出风头了。

所有跑到我们这边来的法国人都当了俘虏。我和拉腊还有埃尔·托巴罗斯把菲切特的尸体带到一片满是松树的小树林,我们把剑摆在他的胸前,然后把他埋葬了。我觉得这位法国指挥官好像正看着我们,对我们说:"谢谢啦,伙计们。"在完成了这项令人伤心的工作后,我们去和骑兵中队会合。

"野猪"中队的那群家伙正在充当刽子手的角色。就像一伙豺狼扑向一群逃窜的马儿,"野猪"的人去围困和追击那些四散奔逃的龙骑兵和宪兵。

我们一动不动地目睹着这场恶毒的围猎。

梅里诺也用他的短步枪射击，把一些试图逃跑的倒霉鬼打倒在地。

有一个由五名龙骑兵组成的小队朝我们奔过来，寻找着可以逃出去的缺口。

五个人将剑高高举起，策马狂奔；游击队员们在他们后面奔驰着，喊叫着。

有十二名游击队员冲出来，射击出的火铳弹像雨点一样飞向那几个龙骑兵，截断了他们的去路。这几个法国人中的一个飞驰着逃走了；另一个被子弹打成了筛子摔到地上。第三名应该是被子弹击中了身体侧面，他纵马奔跑了一会儿，然后便开始朝一边倾斜，他渐渐歪倒，直到最后只能用双手抓住马鞍，接着，由于再也坚持不住了，这个可怜的家伙摔下马来，很不走运，他的一只脚被卡在了马镫子里，被马在地上拖了很长一段时间，最终变成混杂着血肉和泥土的残缺不全的一堆尸骸。

那些法国人中的一个用马刀拍着马，低头躬身朝我们这边冲过来，看到我们截断了他的去路，他拨马转向右边。我在他后面追上去。

"站住。我们优待俘虏。"我用法语对他说。

这名龙骑兵停了下来，浑身颤抖着。那匹马的前胸沾满了自己从口中喷出的白沫，两侧肋腹上也鲜血淋漓。

我的这个俘虏大约四十岁，身强体壮，气质阴郁。

我对他说:"您就说您是比利时人。"

"多谢。"他回答我说。

我把他带到"土匪"面前,"土匪"很有风度地接纳了他。

到了下午的时候,我们突然感到了一种夹杂着疲惫和伤感的低落情绪。

是时候该回翁托利亚了。

我们这些"土匪"中队的人还是相当满足的。我们的骁勇善战和果敢无畏早已超过了此次战斗中的其他人。胡安已经非常高兴地对此进行了声明。虽然也有令人痛心的伤亡,但我们所有人都为完成了任务而感到心满意足。

进行了人数清点后,发现少了二十个人,其中就有"高大全"先生和"小马哥"。"高大全"先生根本没露面。我猜他肯定是吓得跑到什么地方躲着去了。

"小马哥"的失踪引起了震动,我们前往战场所在地,不管他是死是活,我们都要看看还能不能找到他。

有几匹绝望、疯狂、血迹斑斑的马在战场上跑来跑去,让马具和镫子发出碰撞的声响。

在一道陡坡上,我们看到了被丢在那儿奄奄一息的"和顺哥",手里捂着受伤流出的内脏。随后,我们又发现了"野猪"中队的一名队员像一头公牛那样哀嚎着死去了。

在巴耶霍,就在我们曾经卸货的那个地方,我们找到了"小马哥"的尸体。

"可怜的'小马哥'!谁告诉你得是我们这些老家伙来埋葬你

呀？"一名老游击队员喊道。

从马上下来后，我们发现一个浑身是血的法国人，他应该正经受着恐惧的折磨。看到我们，他大声喊起来："救命啊！饶了我吧！水！"

我和拉腊走过去救助他，可是费尔明娜·拉纳瓦拉却拉开她那把短步枪的枪栓，将枪管插进那名伤兵的嘴里，大叫道，"喝水去吧"，然后开枪，一下子打烂了他的脑袋。

脑浆飞溅到我的衣服和双手上。拉腊发火了，他迅速将马刀抽出鞘，但随后就待在那里不知如何是好了。

"那令人作呕的法国佬！"费尔明娜喊道，"让他见鬼去吧！"

暮色降临

我们决定把"小马哥"马丁的尸体放到一匹马上带走，我们重新上马。暮色降临，我们愈发觉得忧伤难过。

我们朝着翁托利亚行进，筋疲力尽，沉浸在自己的思绪当中，这时有人朝我们开了一枪，我们看到"土匪"在他的马上歪倒了。

拉腊和两名在他身旁的游击队员赶紧去救他，把他抱住。

"是我们的人开的枪。"埃尔·托巴罗斯说。

"找他们去！"我吼道，"把他们千刀万剐！"

我带着五十个人的队伍朝着子弹射来的荆棘丛飞驰过去。我们看到好几个人影正在黑暗中向远处跑去。

埃尔·托巴罗斯、加尼切和我追赶着其中一个人，直到把他围住。我赶上他，用马刀砍中了他的脑袋。那人晃了晃，这时埃尔·托巴罗斯干净利落地给了他一枪，让他立刻摔落到了地上。

大仇得报后，我们回到"土匪"被打伤的地方。

我们刚走近就明白他已经死了。他的遗体躺在草地上，拉腊摘掉了帽子，注视着他。

我走到拉腊身边时，他拉住了我的手，对我说："他问起你来着。他让我们告诉她，他死的时候在呼唤着她的名字。"

拉腊的眼中噙满泪水。我为自己不像他那样感情丰沛而感到有些抱歉。

我们决定把"土匪"的尸体放到马上，带回翁托利亚。

这是一段凄楚悲哀的行程。天色已暗，天空中只残存着一丝微光。乌鸦们悄悄地渐次落到地上，随后便传来它们"嘎嘎"的叫声。几个鬼鬼祟祟的男女走在田野上，在荆棘丛中躲躲闪闪。周围饥饿的狗循着血腥气跟了上来。这成了所有食腐动物的盛大节日：乌鸦、角鸮、兀鹫、蠕虫、饿犬和死神的其他食客均已到场。我们则沉默着在散落着尸体的黑暗田野上行进着。

有几个地方已经用松枝点起了篝火，焚烧人和马的尸体，风儿耍弄着刺鼻的烟气，有时候将它吹进人们的喉咙。

到达翁托利亚

我们到达翁托利亚时，正赶上看到一个让人糟心的场景。游击队员们抓住了那个投靠法国人并给拿破仑军队充当向导和翻译的西班牙士官。他们让这个家伙骑在一头驴子上，从驴子的肚子下面将他的双脚捆住，还将他的双臂反绑起来，就这么把他押回来了。

已经知道了这家伙身份的一大群衣衫褴褛的老妇、女人和小孩，拥上前去骂他，挠他，还朝他扔石头。

他的军装被撕碎了，早已一丝不剩，他的脸也已被硝烟和血污弄得黢黑一团。

我们没有去围观这可怕的场面，而是去了"圣父"的家。我们把"土匪"的遗体从大门处抬到客厅里。

一个小伙子去通知了玛丽吉塔，她和希梅娜悲痛欲绝，嚎啕大哭，马上就来到了"圣父"家里。

她们俩和"圣父"的妻子一起为"土匪"清洁遗体，擦去了血迹、泥污和硝烟的烟黑，然后把遗体安置在桌子上，在周围点起四支蜡烛。她们还在地上铺了一块黑布，在房间的白色墙壁上挂上了一个十字架。

费尔明娜·拉纳瓦拉去了"小马哥"的家里,尽管她对"小马哥"和拉狄奥多西亚从来没有什么特别的好感,她愿意去纯粹是因为我们这位司号手的遗孀就快要生孩子了,费尔明娜担心哪位大婶儿会把丈夫已离世这样不幸的消息冒冒失失地告诉拉狄奥多西亚。

我负责照管我们的俘虏,我让他们换了衣服,把负责管他们的德国人穆勒介绍给他们。

我和拉腊又回到"土匪"遗体所在的那个房间,女人们让我们去睡一觉。她们会为遗体守夜。

"好吧,咱们去看看能不能找个旮旯躺一会儿。"我对拉腊说。

"你还是先洗一下吧,"拉腊提醒我,"你现在散发出来的血腥味儿要比臭味儿还要冲。"

确实,我的军服上满是血迹,还有溅到我身上的脑浆,而我的马刀就像是屠夫用的砍刀那样血迹斑斑。

我在一个喷泉那儿洗了洗,然后和拉腊一起去找住处。

村里有很多伤员,几乎所有人家里都住上了伤员,到处都能听见喊声和呻吟声。田野里的乌鸦、村里的医生和神父都有很多活儿要干了。

在教堂

我们回到村子,由于没有找到安身之所,便去了教堂。那里已经住了一些"自由军"[1]的人。我们走进去,尽管那些人在抗议,我还是拿了一袋稻草,躺到上面,马上就睡得像个死人一样了。

四五点钟的时候,拉腊那苦恼的声音将我吵醒。

"你还在睡吗,埃切加赖?"他对我说。

"对呀。怎么了?"

"我整晚都睡不着。"

"你怎么了?"

"我一直在思考人们那些野蛮的暴行。我的上帝啊!太恐怖了!太恐怖了!"

"可这就是战争啊,拉腊,你对此又能做些什么呢?"

"还有那个女的,那个费尔明娜,那就是个魔鬼啊!"

"算了,拉腊,"我说,"你还是快睡吧,否则,明天你连站都站不住了。"

"可我没法睡啊。可怜的'小马哥',就那么死了!还有'土匪'!'土匪'是让我们自己人给杀死的。"

---

[1] 自由军(peseteros),西班牙第一次卡洛斯战争时,纳瓦拉和巴斯克周边地区民众为与卡洛斯派军队对抗,保卫人身财产安全而组建的非正规的民间武装力量。

"别说了,拉腊!你会受牵连的。"

过了一会儿,拉腊对我说:"在这一切当中,你知道是什么让我最激动吗?"

"是什么?"

"法国人的那首歌曲。"

"《马赛曲》吗?"

"你会唱那首歌吗,埃切加赖?"

"会唱。"

"那你一定得唱唱呀。"

"好吧,不过不是现在。"

"那位法国指挥官也算吧?他可真勇敢!我看到他摘掉帽子,眼望天空唱着歌。我那时真恨不得走到他跟前,跟他握手,告诉他:'不,你不应该去保卫像拿破仑那样一个让人民受难牺牲的自私的暴君;你应该想想怎么去保卫正义,保卫人道……'"

"得了,拉腊,别犯傻了!赶紧睡吧。"

"那个法国人我会记他一辈子。此时此刻他被我们放到墓坑里去的样子就在我眼前。我觉得他正看着我,对我说:'尽管你们把我杀死了,但我们仍然是朋友。'"

"别说了,伙计,别说了!"我喊道,"你看那边儿有个神父正听我们说话,暗中监视着我们呢。"

"他要是个卑鄙邪恶、不理解我们感情的家伙,那就算他倒霉吧。"

由于拉腊不是一个听人劝会保持谨慎的人,所以我从地上支起身子，站了起来，跟他一起走出了教堂。

天边出现了一些微微泛红的云朵，预示着黎明的到来。

枪决

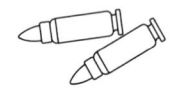

我和拉腊迈步向"圣父"家走去，看到一支二十个人的巡逻队。我们走上前去，看看到底出了什么事儿。

他们是要枪决前一天下午抓到的那个亲法的士官，还有两名游击队员。

其中一名游击队员是"三只手"，被发现在一间牲口棚的地上挖坑。看到他在那儿刨坑，一名军官去问他："你在藏什么？"

"一包子弹。"

那名军官心生怀疑，过了一个小时以后去挖开牲口棚的地面，找到了满满一袋子黄金。"野猪"中队的另一名队员从锯木厂老板那儿抢了五十杜罗，还说是为梅里诺抢的。这两名队员和那名亲法士官刚刚都按照即决程序被审判了。

他们三人从关押他们的房子里被带了出来。"野猪"中队的那名队员受伤了，人们只好用一个长条凳把他抬到行刑的地方。

那名亲法士官已经被清洗干净了，样子还不错。

那是个有着机灵眼神的年轻人，长着一头金发，他无疑是一个很有野心的小伙子，曾打算跟着法国人能走一条成功的捷径。他带着藐视一切的无畏而坚定的神情走向刑场。

由于黎明的光线还不够亮，而人们不想再浪费时间了，于是便点起了两支松明火把，在松明的火光照耀下，他们就要枪决那三个人了。

©Eduardo Mendoza, 2021
Published by arrangement with Agencia Literaria
Carmen Balcells S.A. through The Grayhawk Agency Ltd.
桂图登字：20-2021-259

图书在版编目（CIP）数据

巴罗哈：命运岔口的抉择／（西班牙）爱德华多·门多萨著；卜珊译. -- 桂林：漓江出版社，2023.6

ISBN 978-7-5407-9383-8

Ⅰ. ①巴… Ⅱ. ①爱… ②卜… Ⅲ. ①长篇小说－西班牙－现代 Ⅳ. ①I551.45

中国国家版本馆CIP数据核字(2023)第047852号

巴罗哈：命运岔口的抉择
BALUOHA：MINGYUN CHAKOU DE JUEZE

作　　者：	[西班牙] 爱德华多·门多萨
译　　者：	卜　珊
出 版 人：	刘迪才
品牌监制：	彭毅文
选题顾问：	汪天艾 ／ 范　晔
责任编辑：	彭毅文
助理编辑：	张心宇
书籍设计：	余　音
责任监印：	陈娅妮
出　　版：	漓江出版社有限公司
社　　址：	广西桂林市南环路22号
邮政编码：	541002
邮购热线：	0773-2582200
网　　址：	www.lijiangbooks.com
微信公众号：	lijiangpress
发　　行：	北京联合天畅文化传播有限公司
发行电话：	010-64258472
印　　制：	北京盛通印刷股份有限公司
开　　本：	880 mm×1230 mm　1/32
印　　张：	6
字　　数：	112千字
版　　次：	2023年6月第1版
印　　次：	2023年6月第1次印刷
书　　号：	ISBN 978-7-5407-9383-8
定　　价：	39.80元

漓江版图书：版权所有　侵权必究
漓江版图书：如有印装问题　请与当地图书销售部门联系调换

胭砚计划：

《巴罗哈：命运岔口的抉择》，[西班牙]爱德华多·门多萨著，卜珊译
《皮扎尼克：最后的天真》，[阿根廷]塞萨尔·艾拉著，汪天艾、李佳钟译
《科塔萨尔：我们共同的国度》，[乌拉圭]克里斯蒂娜·佩里·罗西著，黄韵颐译
《少年世界史·近代》，陆大鹏著
《少年世界史·古代》，陆大鹏著
《男孩的心与身——13岁之前你要知道的事情》，[日]山形照惠著，张传宇译
《噢，孩子们——千禧一代家庭史》，王洪喆主编
《同盟的真相：美国如何秘密统治日本》，[日]矢部宏治著，沙青青译
《回放》，叶三著
《大欢喜：论语章句评唱》，李永晶著
《多情的不安》，[智利]特蕾莎·威尔姆斯·蒙特著，李佳钟译
《在大理石的沉默中》，[智利]特蕾莎·威尔姆斯·蒙特著，李佳钟译
《〈李白〉及其他诗歌》，[墨]何塞·胡安·塔布拉达著，张礼骏译
《珠睡集》，[西]拉蒙·戈麦斯·德拉·塞尔纳著，范晔译
《雪岭逐鹿：爱尔兰传奇》，邱方哲著
《青春燃烧：日本动漫与战后左翼运动》，徐靖著
《自我的幻觉术》，汪天艾著
《阿尔塔索尔》，[智利]比森特·维多夫罗著，李佳钟译
《海东五百年：朝鲜王朝(1392-1910)兴衰史》，丁晨楠著
《昭和风，平成雨：当代日本的过去与现在》，沙青青著
《送你一颗子弹》，刘瑜著
《平成史讲义》，[日]吉见俊哉编著，奚伶译
《平成史》，[日]保阪正康著，黄立俊译
《看得见的与看不见的》，[法]弗雷德里克·巴斯夏著，于海燕译
《群山自黄金》，[阿根廷]莱奥波尔多·卢贡内斯著，张礼骏译
《诗人的迟缓》，范晔著
《亲爱的老爱尔兰》，邱方哲著
《故事新编》，刘以鬯著
《国家根本与皇帝世仆——清代旗人的法律地位》，鹿智钧著
《父母等恩：〈孝慈录〉与明代母服的理念及其实践》，萧琪著
《说吧，医生1》，吕洛衿著
《说吧，医生2》，吕洛衿著
《摩登中华：从帝国到民国》，贾葭著
《一茶，猫与四季》，[日]小林一茶著，吴菲译
《暴走军国：近代日本的战争记忆》，沙青青著
《天命与剑：帝制时代的合法性焦虑》，张明扬著
《古寺巡礼》，[日]和辻哲郎著，谭仁岸译
《造物》，[日]平凡社编，何晓毅译

recibir una bala en el costado.
guerrilleros corrían y gritaban tras ellos
Uno de los franceses escapó galopando
otro cayó a tierra acribillado a
reunimos con el escuadrón.
hombre de unos
Todos los franceses que pasaron por nu
Gracias, compañero. Después de
salió una docena de
de chacales que se lanza sobre un trope
del papel de verdugos
que se le enganchó un pie en el estribo y el caballo le arrastró por el suelo largo tiempo hasta conver
de Lara y del Tobalos, llevamos el cadáver de Fichet hasta un b
le pusimos la espada sobre el pecho y le enterramos. Me parecía que el comandante francés nos miraba y nos d
que les disparó una lluvia de trab
Uno de los franceses escapó galopando; otro cayó a tierra
montón informe de sangre y de barro. Uno de los
Bandadas de cuervos venían por el aire, preparándose para saborear el gran banquete que les dábamos los hombres. El Brigante,
de cuervos venían por el aire, preparándose para saborear el gran banquet
les dábamos los hombres. El Br
Un grupo de cinco dragones
desgraciados que intentan huir.
carabina algunos desgraciados que intentan huir.
se acercaba el crepúsculo.
Nosotros dispersos.
a acorralar y a perseguir a los dragones y gendarmes dispersos.
El tercero debió de recibir una bala
vino hacia nosotros encorvado,
así se lanzaron los
bosquecillo de pinos

s cuarenta años, fuerte, de aire sombrío. Diga usted
Todos los fra
no quiso señalarse en la persecu
nuestro lado fueron hechos prisioneros. Yo, en
belga. Le dije. Gracias. Me contestó él.E
caballo le arrastró por el suelo largo tiempo hasta convertirle un mont
Un grupo de cinco dragones
Después de esta piadosa obra nos reunimos con el escuadrón. Los de la partida del Jabalí se encargaro
papel de verdugos. Como
así se lanzaron los del Jabalí a acorralar y
Le dije en francés: El dragó
Me parecía que el comandante
Diga usted que es belga. Le dije. Gracias. Me contestó él.El escuadrón del B
Al ver que le cerrábamos el paso, torció a la derecha. Yo seguí tras él. Detende; hay cu
dragón se detuvo. Temblaba, convulso. El caballo tenía to
hasta que sus manos se agarraron a la silla